BIBLIOTHÈQUE HISPANO-AMÉRICAINE

UN DOUTE
ET UNE CERTITUDE

Retrouvez-nous sur les réseaux sociaux :

Titre original : *Mundo Sepúlveda*

ISBN : 979-10-226-1223-4
ISSN : 0291-0154

Luis SEPÚLVEDA

UN DOUTE ET UNE CERTITUDE

Textes rares et inédits

Photographies et sélection de textes :
Daniel Mordzinski

Traduit de l'espagnol par François Gaudry, Bertille Hausberg et René Solis

Éditions Métailié
20, rue des Grands Augustins, 75006 Paris
www.editions-metailie.com
2022

Daniel Mordzinski. Valparaíso. 2015

Note de l'éditeur sur un livre inclassable

Il y a des livres d'amour et il y a des livres d'amitié.

Luis Sepúlveda a toujours écrit des romans et des nouvelles dont il n'était pas le héros et dans lesquels il n'apparaissait pas. Après sa mort, son ami fraternel, le photographe Daniel Mordzinski, a voulu montrer Luis et son monde tel qu'il était. Il a donc organisé un "autoportrait littéraire" de Luis Sepúlveda à travers des textes inédits ou oubliés qu'accompagnent des photos qu'il a prises pendant vingt-neuf ans.

Les deux premiers textes racontent en ouverture leur rencontre et la naissance d'une amitié entre deux artistes devenus frères d'aventures. Les textes retrouvés qui suivent montrent une vie d'homme bon et d'écrivain bien vécue.

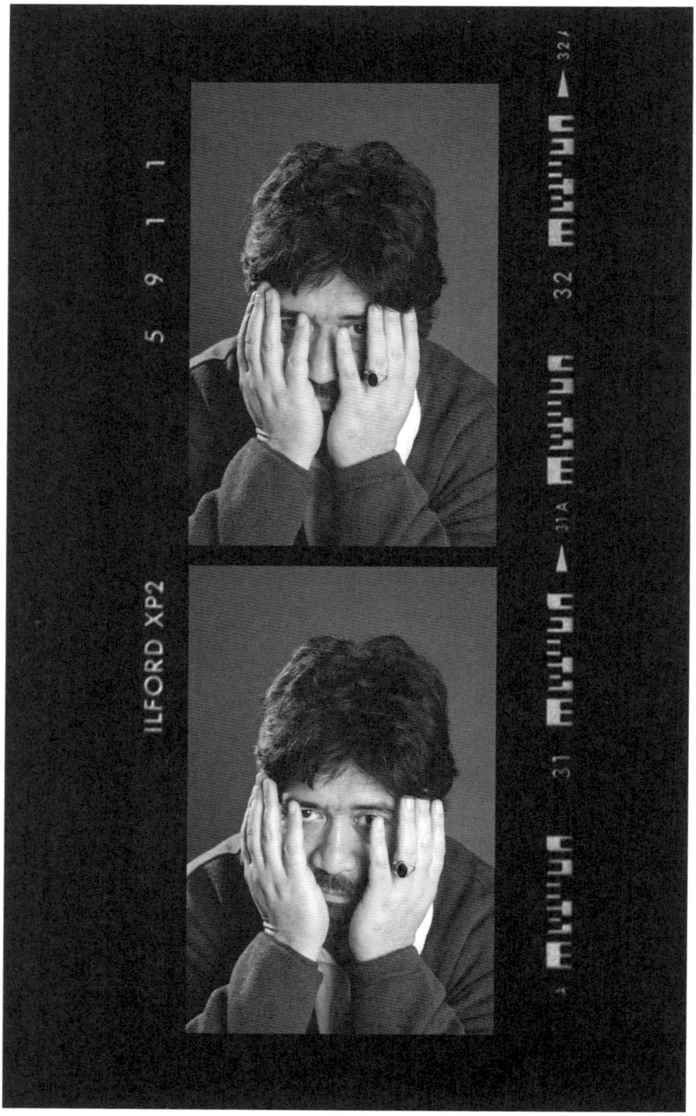
ILFORD XP2
5 9 1 1
31
31A
32

Hôtel Chili

Prologue de Daniel Mordzinski

Voici comment on m'a raconté l'histoire :

Il s'appelait Luis et était cuisinier. L'un des meilleurs. À la fin des années 1940, on lui offrit du travail à l'hôtel-restaurant Francisco de Aguirre, à La Serena, dans le Norte Chico du Chili, au bord du Pacifique. Après concertation avec Irma, sa femme, ils décidèrent de quitter Santiago pour tenter leur chance.

La nuit qui précéda le départ, Luis ne dormit pas, il caressait doucement la courbe du ventre d'Irma tout en imaginant à quoi ressemblerait son premier enfant et il se disait qu'il avait pris la bonne décision.

Le *puelche*, le vent des Andes, soufflait avec force le long de son parcours éternel depuis la cordillère jusqu'à la mer. L'air tourbillonnant lui rougissait les joues. Mais ce n'est pas le vent qui lui brouilla la vue, ce furent les souvenirs, qui l'empêchaient de refermer à double tour la porte de sa maison de la rue Pedro Mira.

La Ford Custom était rutilante, il l'avait révisée et lustrée consciencieusement pour le long périple qui les attendait. Il termina de charger la voiture, et sans regarder derrière lui, prit Irma par la main et démarra.

Ils prirent la route panaméricaine, la mythique Ruta 5 qui traverse le pays de bout en bout et qu'il avait si souvent empruntée pour se rendre en Patagonie. Sauf que cette fois il prit la direction opposée. Cap au nord.

Il conduisait lentement pour éviter les cahots, et pour que son épouse n'ait pas la nausée. Les quatre cents premiers kilomètres se déroulèrent en douceur et sans problème, mais à la hauteur de Ovalle, Irma commença à ressentir de fortes douleurs et ils décidèrent de faire halte dans le premier hôtel qu'ils trouvèrent. Ils appelèrent un docteur. Une sage-femme débarqua. Deux jours plus tard, le 4 octobre 1949, l'accouchement eut lieu.

Ils auraient pu l'appeler Ulysse, mais ils le nommèrent Luis : Luis Humberto Sepúlveda Calfucura : LUCHO.

Aujourd'hui Lucho est mort. Le Coronavirus, la sale bestiole, l'a tué. Quarante-six jours de combat (le sien), d'espoirs (les nôtres), de *mano a mano* avec la maladie, d'échanges quotidiens avec la famille. Quarante-six longues journées à attendre le bulletin médical de midi et le miracle qui n'est pas arrivé.

Le 16 avril 2020, à 10 h 16 du matin, Lucho est entré dans la mer, selon la vieille expression florentine pour désigner la mort. Luis, capitaine de toutes les mers et de toutes les campagnes de Greenpeace, a largué les amarres à l'Hôpital universitaire central des Asturies d'Oviedo, à quelques kilomètres de sa maison de Gijón et de la farouche mer cantabrique, qui a été sa voisine durant les vingt-trois dernières années de sa vie.

Ce jour-là quelque chose s'est éteint en moi, et depuis j'ai l'impression de marcher dans l'obscurité, perdu et désorienté, en manque de mouvement.

C'est pour cela que j'ai finalement atterri à Lisbonne dans la maison d'un autre ami commun particulièrement cher, parti quatre ans plus tôt, l'écrivain mexicain Antonio Sarabia, hôte invisible et compagnon de douloureuses heures d'exercice de la mémoire, et j'ai planté deux ou trois choses, j'ignore pour combien de temps, dans le pays où la maladie de Luis a commencé à se manifester durant le festival littéraire Correntes d'Escritas, dans la ville maritime de Póvoa de Varzim, où nous nous sommes dit au revoir sur un *À bientôt vieux frère*, et une forte accolade, le 22 février 2020. C'était la dernière fois. Nous ne le savions pas.

Luis Sepúlveda avait subi au Chili la clandestinité, la prison et l'exil, il a parcouru l'Amérique latine, a vécu plusieurs années en Allemagne et en France, et a fini par s'installer dans la ville de Gijón, au cœur des Asturies.

Dans les années 1990 il a été l'auteur d'un succès majeur de la littérature mondiale. Mais se tenant éloigné des feux de la rampe et du bruit des capitales, il a été un citoyen engagé dans son époque et dans la société.

Au long de nos trente années d'amitié, Luis m'a souvent parlé du Chili, avec amour toujours, avec douleur parfois aussi. Il me racontait la distance, l'impossibilité du retour, la frustration de ce que son œuvre ait tant de mal à parvenir aux lecteurs chiliens, le peu d'écho qu'il recevait dans les milieux culturels de ce pays et comment l'Académie lui tournait le dos. Tout cela, je l'ai entendu de la bouche de Lucho durant toutes ces années et en particulier durant les trois voyages que nous avons faits ensemble au Chili.

Nous sommes partis la première fois au milieu des années 1990, cap au sud – la Patagonie et la Terre de Feu étaient notre destination – avec l'objectif et l'espoir de faire un livre ensemble. Ce voyage, plus deux autres, du côté argentin, a donné forme, quinze ans plus tard, à *Dernières nouvelles du Sud*.

En novembre 2014 nous nous sommes lancés dans un long périple jusqu'à Puerto Montt par la Ruta 5. Tout au long du trajet, Lucho m'a raconté des anecdotes qu'on aurait dit tirées de ses livres, et de retour à Santiago nous avons arpenté ensemble les géographies de sa jeunesse : la pension de la poétesse Escilda Greve, où il partageait une chambre avec Pablo, le frère de sa future femme ; le lycée n° 8 San Miguel ; le siège du Parti socialiste et la maison de la rue Pedro Mira.

Un an plus tard, en novembre 2015, nous avons participé au festival Puerto de Ideas à Valparaíso. Je garde de ces journées des souvenirs nets et émus. Pour finir, nous sommes retournés dans les rues de Santiago, et avec Lucho et Victor Hugo de la Fuente, nous avons accompagné la poétesse Carmen – Pelusa – Yáñez, la compagne et l'amour de toute la vie de Lucho, pour un autre retour sur les lieux, fondamental : le Camp de torture et de détention de

Vers le Sud. Route 5. Chili. 2014

Villa Grimaldi, où elle avait été emprisonnée durant la dictature militaire.

Nous avons arpenté le Camp, transformé aujourd'hui en musée de la mémoire, entre silences et brefs commentaires de Pelusa, qui, comme des coups de fouet, nous racontait "c'est là que se dressaient les baraquements", "c'est là qu'il y avait les roses dont je sentais les épines quand ils m'emmenaient, cagoulée, aux séances de torture". Devant une stèle où étaient gravés les noms des détenues et détenus du Camp, un groupe d'étudiants a entamé une conversation avec nous. Carmen leur a raconté que son nom figurait sur la liste. Lucho s'est présenté et les filles et les garçons nous ont raconté avec émotion ce qu'avait signifié pour eux, jeunes lecteurs, *Le Vieux qui lisait des romans d'amour* ou *Histoire du chat et de la mouette qui lui apprit à voler*…

Ces trois voyages ont marqué ma vie et scellé pour toujours notre fraternité et ils m'ont aussi montré clairement que Sepúlveda ne voulait pas que le retour dans son pays s'opère à partir du renoncement à toute une vie de combat, en édulcorant ou en dissimulant ce qu'il pensait. Il était conscient que le pays qu'il avait laissé dans sa jeunesse n'existait plus, mais il était convaincu que son lien avec le Chili n'était pas rompu, parce qu'un pays ne se réduit pas aux changements politiques et aux modes successives, et parce que lui-même était rageusement, irrémédiablement et passionnément chilien, dans les démonstrations d'affection comme dans les gueulantes.

Lucho voulait que son pays et lui-même se regardent à nouveau dans les yeux avec tendresse, mais aussi avec dignité. Je crois qu'il se sentirait heureux s'il pouvait me voir aujourd'hui au Chili, en train d'écrire ces lignes une nuit d'insomnie chez notre grand ami commun, Victor Hugo de la Fuente, à Santiago du Chili, au retour de Valparaíso et d'un nouveau Puerto de Ideas, hommage sincère et nécessaire à l'œuvre et à la vie de notre ami Luis.

Un doute et une certitude est né de mon besoin de mettre un point final à ce deuil et constitue un pont tendu entre littérature et photographie, comme des flashs d'une "photo-biographie" qui inclut des textes de Luis, en bonne partie inédits en France, qui dialoguent avec mes photos ; un tandem qui nous permet de nous pencher sur les lieux qui ont eu un sens particulier dans la vie de l'écrivain, des villes de son enfance et sa jeunesse à la dernière où il a résidé jusqu'à sa mort, de découvrir la transcription de ses rêves et l'évocation intime de ses affections familiales, de l'accompagner dans sa passion du voyage et de l'histoire des perdants. Un grand nombre de ces images ont servi de cadre à certains de ses récits les plus connus et nous rapprochent d'un Lucho fait de nombreux Luchos : le narrateur, le cinéaste, le poète, le combattant, le père, le compagnon, l'ami.

Il s'agit aussi d'un double hommage : celui de l'ami et du compagnon de route, et du photographe, qui a eu le privilège et la chance de documenter, avec une totale liberté de création, la chronique subjective, personnelle et forcément sentimentale de ces années heureuses. Il s'agit aussi, surtout, du besoin de transformer la douleur et le désarroi en création.

Emprunter une fois encore les sentiers d'un nouveau livre en compagnie de Lucho – même s'il n'est plus ici avec moi –, c'est lui dire avec mon langage d'images à quel point je l'aime. C'est aussi ma façon de continuer à donner des nouvelles de sa vie d'homme à l'âme du Sud née accidentellement au nord du Chili.

Aujourd'hui, alors qu'il navigue infatigable sur les mers au-delà de la fin du monde, je pense à quel point il me manque, et je me souviens de sa générosité, de ses gestes de considération constants envers son prochain, et je me sens fier d'avoir été l'ami, le compagnon de tous ces voyages et le frère de l'une des voix les plus dignes et les plus fermes de la littérature. Et pour le sentir à nouveau proche, dans ce dialogue qui ignore la mort, je reprends ci-après

Page suivante : Avec Carmen Yáñez au Centre de détention et de torture de la Villa Grimaldi. Santiago. 2015

la préface qu'il avait écrite pour *Dernières nouvelles du Sud*, où il témoignait de notre complicité. Je ne trouve pas meilleure porte d'entrée au monde de Sepúlveda.

Santiago du Chili, 15 novembre 2021

Puerto Montt. 2014

PREMIÈRES RENCONTRES

Dans son appartement parisien. 1996
Page précédente : Sur le Patagonia Express. El Maitén. 1998

DERNIÈRES NOUVELLES DU SUD *

L'idée de ce livre est née un après-midi de 1996, en buvant du maté à Paris. Avec Daniel Mordzinski, mon *socio* ** dans tout ce qui va suivre, nous avions envie de dépasser la relation d'éternel concubinage texte-photo qui nous avait amenés à faire des reportages à travers le vaste monde pour des revues et des journaux. Il s'agissait toujours de commandes dont la longueur et le nombre de photos étaient prévus d'avance et qui, au moment d'être publiées, étaient souvent assujetties à des volontés oscillant entre le politiquement correct et la peur de perdre son travail. La censure moderne exercée non par la crainte du chômage mais par celle d'être "exclu du marché" n'interdit pas, elle biffe, coupe, "édite" au nom d'une lâche circonspection, d'une prudence pusillanime.

Nous sommes donc partis un jour vers le sud du monde pour voir ce qu'on allait y trouver. Notre itinéraire était très simple : pour des raisons de logistique, le voyage commençait à San Carlos de Bariloche puis, à partir du 42e parallèle sud, nous descendions jusqu'au cap Horn, toujours en territoire argentin, et

---

* Préface de Luis Sepúlveda à *Dernières nouvelles du Sud* (avec Daniel Mordzinski). (*NdE*)

** Terme qui désigne un ami, un camarade, un coéquipier. (*NdT*)

nous revenions par la Patagonie chilienne jusqu'à la grande île de Chiloé, soit trois mille cinq cents kilomètres environ. Cependant, malgré sa simplicité, cet itinéraire portait le sceau de ces Anglais qui entreprennent toujours des voyages pour confirmer une hypothèse et, quand celle-ci ne correspond pas à la réalité qu'ils découvrent, alors tant pis pour la réalité. Selon la nôtre, nous prétendions être capables de couvrir cette distance au cours de ce voyage, mais tout ce que nous avons vu, entendu, senti, mangé et bu à partir du moment où nous nous sommes mis en route nous a fait comprendre qu'au bout d'un mois nous aurions tout juste parcouru une centaine de kilomètres. N'étant pas anglais, nous avons oublié cette damnée hypothèse.

Quelques semaines après notre retour en Europe, mon *socio* m'a remis un dossier bourré de superbes photos, au format travail, et on n'a plus parlé du livre. Ce que nous avions vu et vécu dans le Sud est devenu un sujet de conversation entre amis, sa compagne et la mienne connaissent par cœur de nombreuses anecdotes sur ces journées de vagabondage et de vent, ses enfants et les miens ont écouté attentivement ces deux vétérans des grands chemins et ils suivront peut-être un jour nos traces. Nous n'en avons plus parlé car mon *socio* sait que les livres sont des animaux bizarres, imprévisibles, et que certaines histoires préfèrent qu'on les raconte autour d'un verre, elles aiment s'installer de mille manières dans la bouche du narrateur jusqu'au moment où elles, et elles seules, décident de se transformer en mots sur du papier.

Avec Osvaldo Soriano. Saint-Malo. 1996

Mes livres s'ordonnent toujours tout seuls, leur organisation est aléatoire, anarchique, parce qu'ils ne veulent pas être la mémoire de l'auteur mais une mémoire collective et ils s'écrivent peu à peu comme l'air pur et limpide que les meilleurs d'entre nous défendent de toutes leurs forces.

Sur chacune des histoires suivantes passe sans aucun doute le souffle des choses inexorablement perdues, cet "inventaire des pertes" dont parlait Osvaldo Soriano et qui représente le coût impitoyable de notre époque. Pendant que nous étions sur la route, sans but précis, sans limite de temps, sans boussole et sans tricheries, cette formidable mécanique de la vie qui permet toujours de retrouver les siens nous a amenés à rencontrer beaucoup de ces "barbares" dont parle le poème de Constantin Cavafy. Leurs rêves étaient redoutables, c'est pourquoi ils ont été anéantis et rejetés dans les territoires extrêmes dévolus aux "barbares" et, malgré

tout, ces rêves ont semé l'insomnie chez les seigneurs du pouvoir qui ont pris conscience du danger du retour des "barbares" au point de transformer cette menace en obsession, si bien que les banques ont donné l'ordre de les discréditer ; incapables de penser tout seuls, certains se sont mis à trois pour écrire des livres sur "l'idiotie des barbares" et ces derniers leur ont répondu en plantant des forêts, en imaginant une alternative à la déshumanisation du système en vigueur, en organisant la vie pour que vivre soit un peu plus qu'un verbe.

C'est ainsi qu'en buvant du maté avec eux, les "barbares", nous avons vu l'aurore australe écrire avec une calligraphie électrique les derniers vers du poème de Cavafy :

Mais la nuit est tombée et les barbares ne sont pas arrivés
aux dires de certains nouveaux venus de la frontière
les barbares n'existent plus
qu'allons-nous faire sans les barbares
ces gens étaient une sorte de solution.

Drôles d'animaux que les livres. Celui-ci a décidé de sa forme finale il y a quatre ans quand nous volions au-dessus du détroit de Magellan dans un fragile coucou ballotté par le vent, le pilote pestait contre les nuages qui l'empêchaient de voir où diable se trouvait la piste d'atterrissage et les points cardinaux étaient une référence absurde, c'est alors que mon *socio* a signalé qu'il y avait, là en bas, quelques-unes des histoires et des photos qui nous manquaient.

Et il avait effectivement raison. Nous sommes revenus en Europe, lui en France, moi en Espagne et, une fois de plus, ce livre a cessé d'être notre principal sujet d'intérêt. Ce que mon *socio* a toujours ignoré, c'est que ce livre que j'écrivais lentement était mon refuge, le lieu auquel je revenais chaque fois que je me sentais bien car c'est le propre des beaux voyages à travers la mémoire.

Un jour, j'ai décidé que la rédaction finale était terminée et que l'heure des adieux était venue. Rien n'est plus difficile que de mettre un point final à une histoire ou à une série d'histoires qu'on aime. C'est un adieu définitif. On ne retrouvera plus le bonheur de ces pages qui prennent vie.

À sa naissance, ce livre était la chronique d'un voyage effectué par deux amis mais le temps, la violence des bouleversements économiques et la voracité des vainqueurs en ont fait un recueil de nouvelles posthumes, le roman d'une région disparue. Rien de ce que nous avons vu n'existe plus aujourd'hui comme nous l'avons connu. D'une certaine manière, nous avons eu la chance d'assister à la fin d'une époque dans le sud du monde. De ce Sud qui est ma force et ma mémoire, ce Sud auquel je m'accroche avec tout mon amour et toute ma colère.

in *Dernières nouvelles du Sud*, 2012

Ce Daniel…

Quand on écrit sur un photographe tel que Daniel Mordzinski, on finit invariablement par parler de soi-même, et pas pour tirer la couverture à soi, ou pour figurer sur la photo, mais pour une raison aussi simple qu'élémentaire : Daniel, le petit Russe, comme l'appellent ses amis, se glisse dans la peau, occupe une place d'honneur dans la maison, rompt le pain à la table et goûte le vin que nous boirons. Il est partout, même quand il se trouve loin sur la carte du présent, il s'arrange toujours pour être proche.

C'est ainsi par exemple que, peu avant d'écrire ces lignes, devant le golfe de Reloncaví, au sud du monde, je suis passé devant un cirque dont le chapiteau tout rapiécé était violemment secoué par la mer et (vous avez remarqué ? Ça y est, je parle de moi) a aussitôt surgi dans ma mémoire l'histoire qu'il m'a racontée un jour à Saint-Malo, ou c'était peut-être en Patagonie, ou à Porto Rico, ou lors d'un étrange voyage entre Rome et Sienne par la Via Cassia, ou à Moscou transis de froid et évitant d'être séquestrés, peu importe où, ce qui compte c'est que Daniel m'a raconté la première fois où il ne s'est pas rapproché d'un appareil photo.

Patagonie. 1996

Dans un cirque de Buenos Aires aussi pauvre peut-être que celui au chapiteau fouetté par le vent, on tirait au sort un appareil photo pour les spectateurs, Daniel connaissait le numéro de son billet pour le tirage de la tombola, il l'avait enregistré dans sa mémoire, et quand le directeur du cirque, à grand renfort de fanfare, a annoncé le numéro gagnant, c'était le sien, le numéro de Daniel, mais son père avait perdu le billet, et ils ont eu beau le chercher, il est resté introuvable.

Quand Daniel a raconté cette histoire j'ai vu cet appareil, un modèle de base, l'un de ceux où il faut faire passer le rouleau de pellicule au moyen d'un étrange mécanisme d'engrenages insérés sur les bords du rouleau Kodak ou Agfa, de 24 ou 36 poses maximum. Il était en plastique, je le sais, je n'ai jamais vu cet appareil, mais je le sais, aussi clair et net que je revois encore Daniel quelque part en Patagonie, les

Terre de Feu. 1996

deux bras plongés dans un sac noir sur le point d'être soulevé par le vent intraitable, en train de faire passer la pellicule d'un tambour aux bobines de son Leica.

Daniel Mordzinski, le petit Russe, contamine le visuel ou plutôt rend visuels jusqu'aux désirs. "Des preuves, Sepúlveda, des preuves", me dira-t-on. D'accord. Il y a une quinzaine d'années, nous étions en Terre de Feu et Daniel a pris alors plusieurs photos d'un type étrange, un solitaire indécrottable, un individu qui se déplaçait avec pour seule compagnie deux ou trois chansons qu'il savait siffler et qui cherchait de l'or dans les rivières limpides au sud du monde. Daniel a pris plusieurs photos de lui mais il en manquait une, il en manque toujours une, l'essentielle qui dans ce cas précis était une image de lui dans l'eau, en train d'immerger la batée métallique pour examiner ce qui se trouvait entre le sable et les cailloux. Cela faisait très longtemps que cet homme n'avait pas sorti la moindre écaille dorée, mais il a suffi que Daniel imagine une photo avec une pépite d'or dans la bâtée pour que cela arrive, et au milieu des cris de joie de l'ermite, clic, c'est bon, la réalité spontanée, le moment précis que seul Daniel est capable de voir à force de désir.

Certains se demandent pourquoi Daniel est tellement aimé par les écrivaines et les écrivains, pourquoi il est devenu le grand photographe des écrivains, et je me risque à formuler une réponse : Daniel est un conteur d'images, ses photos, même si elles ne bougent pas, sont des plans-séquence d'un moment déterminé, elles invitent à être lues, surtout par ceux-là mêmes

A. CAIN

dont il fait le portrait. “Des preuves, Sepúlveda, des preuves”, redira l’éternel emmerdeur. D’accord.

Il y a un bon nombre d’années nous étions allés nous promener au jardin du Luxembourg à Paris avec Juan Gelman, dans l’idée de nous dégourdir les jambes pour nous mettre en appétit avant d’aller manger dans un resto argentin. À un moment, Daniel nous a ordonné de faire quelque chose ; nous rapprocher de la statue d’un lion pour lui tirer la queue. Clic. C’est bon. Nous avons continué à marcher et Gelman m’a pris le bras : incroyable comme ce garçon nous connaît bien, il nous a fait refaire ce que nous avons fait toute notre vie ; tirer la queue du lion, a dit Gelman, et nous avons poursuivi la promenade.

Tel est Daniel Mordzinski, le petit Russe, mon ami, mon frère, mon *socio*, l’inventeur d’un genre, la photinski. Clic, c’est bon. Ce que j’écris n’est certainement pas un portrait de Daniel, disons que c’est un polaroïd de mon affection, ou quelque chose dans le genre.

Gijón, 2014

Via Cassia. Toscane. 2000
Page précédente : Avec Juan Gelman. Paris. 1997

TEXTES RARES ET INÉDITS

En haut : Santiago Gamboa, Luis, Anne Marie Métailié,
Hernán Rivera Letelier, Antonio Sarabia
et Mario Delgado Aparaín. Pau. 1999

Le dernier fakir

Bien sûr que c'est vrai.

Personne ne peut dire que vous ayez eu un meilleur ami que celui qui vous parle maintenant en ravalant ses larmes, et bien que ceux qui nous ont connus soient peu nombreux, je crois que tous ont perçu cette immense affection qui transparaissait, doucement, comme s'exprime parfois la véritable affection des hommes, celle qui n'a pas besoin de grands mots et se contente de remplir le verre sans renverser le vin.

Affection d'homme, simplement. Affection d'un paquet de cigarettes lancé sur la table sans autre explication qu'une envie de fumer qui se devine. Affection d'un silence et d'une tape dans le dos après avoir écouté pendant des heures la litanie des malheurs qui vous ont toujours harcelé. Affection que presque tous ont remarquée, presque tous, sauf vous, bien entendu.

Rappelez-vous, compadre. Parce qu'on est compadres, non ? Rappelez-vous que c'est moi qui vous ai dit un matin que vous devriez faire comme les artistes de théâtre qui ne donnent pas plus de deux représentations par jour. Rappelez-vous que c'est moi qui ai insisté pour que vous preniez du galon et que vous respectiez cette poignée de talent qui naît parfois de l'angoisse et de l'estomac vide. Et rappelez-vous aussi que c'est moi qui suis arrivé un jour avec la petite affiche tout juste peinte sur un carton blanc. Je l'avais drôlement bien réussie ! Oui, je m'en souviens encore.

"Il n'y a plus le moindre doute, la vérité a fini par s'imposer dans ce monde de tricheurs. La presse et la télévision l'ont démontré à des millions d'incrédules. Alí Kazam est notre dernier authentique fakir. Alí Kazam croque des ampoules électriques comme si c'était des biscuits et avale des lames de rasoir comme d'autres prennent des analgésiques. Alí Kazam réalise ces prouesses grâce au régime végétarien qu'il observe avec une persévérance de cheval. Alí Kazam est maigre mais sain et il remercie la coopération de l'honorable public qui assiste stupéfait aux représentations. Deux fois par jour Alí Kazam avalera sous vos yeux toutes sortes de verres et d'objets métalliques, puis se retirera pour se reposer et méditer assis sur une planche hérissée de clous.

Venez en famille voir Alí Kazam, le seul authentique fakir qui nous reste en ces temps de dupes et d'escrocs. Alí Kazam ne demeurera que quelques jours dans votre ville avant de poursuivre son voyage commencé dans sa patrie, la lointaine et mystérieuse Inde, à la recherche de la paix et de la vérité."

Et pardonnez-moi de vous rappeler, compadre, parce qu'on est compadres, non ?, que c'est moi aussi qui vous ai trouvé un nom, parce que si je n'avais pas été là, vous avec votre idée de "Grand Maurice", vous n'auriez pas été plus loin que le coin de la rue. Même le turban, c'est moi qui vous l'ai fait, compadre, la copie fidèle de celui qui était dans *Selecciones*, parfois ça sert de lire. Un turban digne d'un sultan, compadre, bien autre chose que ce tas de sparadrap avec lequel on vous couronnait la tête au cirque.

Si je vous dis tout ça, compadre, ce n'est pas pour vous demander une faveur. Non. Ce qui est fait est fait, je veux seulement vous rappeler que sans moi vous n'auriez jamais percé et on n'aurait jamais lu votre nom d'artiste dans les journaux.

Rappelez-vous qu'au cirque ils ont finalement accepté de vous garder pour changer la sciure où pissent les lions, parce que quand vous avez eu cette crampe en pleine soirée de gala, il était clair que comme contorsionniste vous n'aviez aucun talent. Et là encore, qui c'est qui a remarqué votre corps flageolant, tout tremblant, essayant vainement de dégager votre jambe coincée derrière la nuque ? Moi, compadre. Votre ami.

Rappelez-vous que je me suis approché au mépris des éclats de rire de l'honorable public et des insultes de l'imprésario, que je vous ai aidé à vous dénouer et que je vous ai dit : "Compadre, à bien vous regarder, vous avez un air de fakir très convaincant", et vous, compadre, vous me dévisagiez avec vos grands yeux, des yeux de veau à l'instant du sacrifice et vous n'aviez pas la moindre idée du formidable avenir que j'étais en train de vous forger.

Qui donc vous a prêté les livres de Lopsang Rampa afin que vous appreniez quelque chose sur l'Inde ?

Moi, compadre. Votre ami.

Qui n'a pas pipé quand vous avez échangé les livres, sans même les avoir lus, contre quelques litrons d'une infâme piquette ?

Ce cœur-là, compadre. Votre ami.

Rappelez-vous que je vous ai appris comment font les marins pour mâcher le verre jusqu'à le transformer en une pâte farineuse qu'ils cachent sous la langue. Rappelez-vous que c'est moi qui vous ai trouvé ces ampoules de peinture que les prestidigitateurs mettent dans leur chapeau quand ils font le numéro des œufs, et rappelez-vous encore que je vous ai acheté cette eau-de-vie si raide, à tanner le gosier, compadre, afin de vous sécher les gencives et de vous durcir la bouche. Un petit effort de mémoire, compadre, et dites si ce n'est pas moi qui vous ai appris comment placer les lames de rasoir entre les dents, lentement, très lentement, sans toucher les gencives, pour pouvoir ensuite les casser d'un coup de langue. Et n'oubliez pas combien il m'en a coûté pour obtenir ces injections d'anesthésique quand vous faisiez ce numéro où vous vous transperciez les bras avec des aiguilles.

Je ne suis pas en train de vous demander de me payer pour tout ça, compadre, car on est compadres, non ? Je veux seulement vous dire que personne, pas même vous, ne peut dire que vous ayez eu un meilleur ami que moi dans la vie. L'ami qui vous a formé, qui vous a conduit par la main sur les routes du succès et qui vous a fait connaître l'ivresse des applaudissements. C'est moi, compadre, votre ami, celui qui a fait de vous un artiste.

Mais vous, compadre, et pardonnez-moi de vous le dire en ces circonstances si risibles, vous avez toujours été têtu, plus têtu qu'une mule.

Je vous ai si souvent répété : “Compadre, il faut comprendre que, question talent, chaque homme a ses limites”, mais vous parler, compadre, était devenu de plus en plus difficile, peut-être, maintenant que j’y pense, parce que la célébrité vous était montée à la tête.

Rappelez-vous que je m’étranglais de rage chaque fois que vous buviez de l’eau-de-vie sans raison et qu’il m’a fallu expliquer à l’honorable public que votre démarche titubante n’était pas la conséquence d’une cuite mais la faiblesse naturelle due au jeûne observé par tout fakir qui se respecte, et, s’il faut être encore plus explicite, vous vous rappelez, compadre, du jour où je vous ai obtenu votre premier passage à la télé ? Vous vous rappelez la nuit précédente, vous étiez sorti sans dire un mot et vous aviez laissé la cape en gage dans un lupanar ? J’ai dû courir tous les bordels du port pour récupérer votre habit de fakir et c’est en demandant aux putains que j’ai enfin retrouvé la cape qui servait de nappe sur une table graisseuse. “Je vous achète le rideau”, m’a même proposé une pédale déguisée en gitan, et dire que moi j’avais passé vingt nuits à me piquer les doigts en brodant les signes du zodiaque dans le même ordre que celui de l’almanach Bristol.

Combien de fois je vous ai dit : “Compadre, ne sortez pas pour boire en costume de fakir, vous ne voyez pas qu’on vous prend pour un fou ?” Mais vous, allons donc ! Vous pensiez qu’on vous prenait pour l’ambassadeur du Pakistan.

Ah ! Compadre ! Compadrito, pardonnez-moi de vous le répéter, mais vous étiez têtu, plus têtu qu’une mule.

Maintenant que je suis assis, maintenant que j'ai fumé presque un paquet de cigarettes, je n'arrête pas de penser à tout cela, et j'ai beau tourner et retourner l'affaire dans ma tête, je n'arrive pas à comprendre où diable vous avez déniché ce sabre. D'après le nain vous avez dit, après pas mal de verres dans le nez : "L'heure est venue pour Alí Kazam de présenter un numéro inédit dans ce cirque de merde. L'heure est venue pour Alí Kazam, le dernier fakir, de cesser de manger des clous et des pointes de cordonnier, et d'avaler un sabre entier. Un sabre de cavalerie, sans sel et jusqu'au manche."

Quand on m'a appelé, compadre, j'étais tranquillement assis devant mon verre de vin, vous savez, ces petits vins tranquilles que je bois, des petits vins sans tapage, des petits vins silencieux où je me concentre pour créer ces nouveaux tours avec lesquels on a récolté tant d'applaudissements. Pour être franc, compadre, j'étais en train de penser à un tour formidable, un numéro spectaculaire pour lequel il suffisait de doubler la dose d'anesthésique dans vos bras, et surtout j'étais en train d'apprendre à avoir confiance en vous. Oui, j'étais sur le point d'avoir confiance en vous, et comme preuve, compadre, rappelez-vous que je vous avais laissé seul pendant les trois dernières représentations, mais, comme dit la Bible, "pauvre Job !", vous n'avez jamais su gagner la totale confiance du public ; toujours vos emportements de dernière minute.

Quand on m'a appelé, compadre, je suis parti en courant. Vous savez que je ne vous ai jamais abandonné dans les moments durs, et pardonnez-moi, compadre, mais je n'ai pas pu me retenir de rire quand j'ai vu comment on vous emportait sur la civière, assis, les jambes croisées, la bouche terriblement ouverte et la moitié d'un sabre plongé dans le corps.

En vous voyant ainsi, j'ai failli tomber à la renverse, mais finalement j'ai ri de vous voir dans cette situation, les yeux fermés et deux filets de sang qui coulaient de vos lèvres. J'ai ri de voir les infirmiers vous attacher les mains pour vous empêcher de retirer vous-même le sabre, ou de l'enfoncer jusqu'au bout pour gagner le pari.

Pardonnez-moi de vous dire cela maintenant, compadre, mais vous n'auriez jamais changé.

Un infirmier m'a dit "on a retiré le sabre et on va bientôt vous le rendre". Je lui ai demandé si c'était le sabre qu'ils allaient me rendre et l'infirmier m'a répondu, "le sabre aussi", mais il parlait de vous. "Dès qu'on a fini de le recoudre, on vous le rend."

Dehors, compadre, il y a une femme qui pleure. Pourquoi vous ne m'avez pas dit que vous étiez marié, compadre ? Elle m'a crié un tas d'insultes et m'a menacé de m'envoyer en prison parce que j'étais responsable de votre bêtise à vouloir jouer au fakir. J'ai avalé les insultes, compadre, vous me connaissez. Je lui ai simplement répondu : "Je lui ai appris un métier, madame, je suis son manager et aussi son meilleur ami", mais elle continue à crier dehors que je suis le seul responsable de votre folie.

En tout cas, je suis là, compadre. À attendre qu'on vous ramène, peut-être enveloppé dans la cape que j'ai brodée pour vous et grâce à laquelle on a eu de si bons moments, ou peut-être dans un drap ou dans un sac en plastique. Peu importe. Votre compadre est là, votre meilleur ami, fidèle au poste, comme au bon vieux temps.

Je ne sais pas ce qui va se passer, mais je voudrais qu'une chose soit bien claire : j'ai été votre meilleur ami, compadre, celui qui vous a appris les trucs qui laissaient les gens bouche bée, celui qui a brodé la cape et vous a acheté les talismans porte-bonheur, celui qui vous accompagne maintenant séparé de vous par un mur blanc, celui qui devra payer le cercueil, les cierges et le curé, celui qui obtiendra une couronne au nom du syndicat des artistes de cirque, celui qui se battra pour que votre mort soit considérée comme un accident du travail, celui qui demandera ce soir, à la représentation, une minute de silence pour l'âme d'Alí Kazam.

Une porte vient de s'ouvrir, compadre. Deux hommes portent une civière et je reconnais une de vos chaussures à bout pointu.

Un des deux hommes demande : "Qui s'occupe du macchabée ?", et je réponds : "Moi, monsieur."

"Vous êtes un parent ?" questionne l'infirmier.

"Non, son meilleur ami", je lui dis, parce que c'est vrai.

in *Rendez-vous d'amour*
dans un pays en guerre, 1997

Quelques mots sur Paris

Je ne sais pas s'il n'y en a eu qu'un ou beaucoup pour écrire ou dire que Paris est une ville pour être heureux. Je ne me souviens pas non plus de quand il ou ils l'a/l'ont dit/écrit. Aucune importance. Je souscris pleinement au manifeste. Pour être heureux, oui, et aussi pour soigner les douleurs de la colonne vertébrale, parce que Paris exige de marcher bien redressé ; sa beauté insolite ne se trouve pas à ras du sol, mais dans les hauteurs, dans la prodigieuse architecture qui se répète infatigablement à partir du quatrième étage.

La première fois que j'ai parcouru ses rues j'avais dix-neuf ans et une énorme envie de raconter des histoires. J'en ai trouvé certaines à l'inoubliable hôtel Neptune, établissement qui pouvait se vanter de ne pas avoir une seule étoile, mais des fenêtres qui donnaient sur la rue Gabrielle d'où je pouvais observer le manège des chats en automne, avec en toile de fond le Sacré-Cœur. Nous étions en 1969, de Mai 68 ne restaient que des visages contrits et des pavés en train de disparaître sous une couche de goudron et de conformisme. Cela a été mon Paris durant quinze jours. Et j'y ai été heureux, intensément heureux.

En 1980 j'y suis revenu, guidé cette fois par Julio Cortázar, Cronope qui avait préparé une rigoureuse cérémonie avant de me faire traverser le Pont-Neuf et qui consistait à boire plusieurs cognacs sur la terrasse de la Samaritaine en regardant vers la Rive gauche un après-midi de pluie.

Tandis que les ombres s'emparaient de la ville nous parlions des terribles paradoxes que propose la vie : à la même époque, une biologiste fameuse appelait à l'aide pour sauver les derniers gorilles du Rwanda, tandis que de notre côté nous proposions l'extermination de tous les gorilles sud-américains. Durant les trois années suivantes je suis revenu à Paris chaque fois que j'ai pu.

Quelque chose d'inexplicable me disait qu'une part de bonheur, celle que nous méritons tous, attendait à un coin de rue, sous un porche, bien cachée entre les vitrines d'une librairie, parmi les passants qui sortaient des *boulangeries* avec une baguette chaude à la main, comme si ces barres de pain avaient été les baguettes magiques conjurant n'importe quel malheur.

Et j'y ai été heureux en cherchant. Intensément heureux.

Le 12 février 1984, Cortázar a déserté les rues de Paris, et moi je me suis dit que je ne voulais plus y retourner. Mais Paris a insisté, elle a tendu ses filets de lumières et d'ombres, d'odeur de pain et de vin rouge, et presque huit ans plus tard je me suis à nouveau trouvé dans ses rues, mais pas en solitaire, et pas non plus en recherche. Paris m'a offert un bouquet d'amis

Sur la tombe de Julio Cortázar au cimetière du Montparnasse. 1998

et une bouche rouge qui murmurait les mots d'amour que je n'avais jamais lus dans aucune histoire. J'ai alors décidé d'être conséquent avec une phrase à laquelle je crois : "On est de là où l'on se sent le mieux", et je me suis établi dans le quartier que j'appelle mon quartier, dans la rue que j'appelle ma rue, à la sortie du métro Colonel Fabien, que j'appelle mon entrée vers ce que les jours me réservent.

Et je suis heureux, intensément heureux en parcourant le parc des Buttes-Chaumont et ses scénographies intérieures qui rappellent une *belle époque* conçue par Walt Disney, en marchant depuis la place Stalingrad le long du quai de la Loire, en longeant le bassin de la Villette jusqu'à ce que les écluses de la rue de Crimée le rétrécissent pour le transformer en canal de l'Ourcq, ou en marchant au retour par le quai de Seine jusqu'au canal Saint-Martin. Et si c'est un jour de pluie, ma joie augmente, car les mains dans les poches et une

clope au bec j'attends que du métro surgisse la cause de mon bonheur. Et je sais que Mario Benedetti ne m'en voudra pas si je lui change un mot : "Si je t'aime c'est parce que tu es mon amour, ma complice, et tout, et qu'à Paris coude à coude, nous sommes bien plus que deux."

Paris, automne 1994

UNE LETTRE *

Laufenburg, 12 août 1995

Cher Fajardo,

Il est vrai que j'aurais pu t'envoyer ce mot par fax, mais il est tout aussi vrai que plus le temps passe plus mon animosité grandit à l'égard de cet appareil, et même du verbe faxer, qui me semble horrible et presque obscène. De sorte que je décide de donner une chance d'exister à cette institution bien humaine qui s'appelle le facteur.

Je me remets de Gijón et d'autres mauvaises expériences vécues durant la Semana Negra de la seule façon que je connaisse : en travaillant et en regardant par dizaines des vieux films, qui sont ceux que je préfère.

Et en plus je lis. J'ai lu encore une fois ton roman, et même en sachant que je suis un type qui s'enthousiasme facilement du travail de ses amis quand il est vraiment bon, ton roman m'enthousiasme et me réjouit doublement, parce que maintenant, après une troisième lecture, en le voyant non plus comme le manuscrit confié par un ami, mais avec la distance salutaire, je l'aime beaucoup plus, il me surprend beaucoup plus, et comme tu le sais, vieux frère, il n'y en a pas beaucoup

* Lettre à l'écrivain espagnol José Manuel Fajardo. (*NdE*)

des romans qui nous surprennent aujourd'hui. Et pas seulement les romans ; en fait il y a peu de choses qui nous surprennent.

Oui, peu de choses, et c'est pour ça qu'on est particulièrement content quand la surprise vient d'un ami. Autrement, nous nous trouvons dans l'obligation de fabriquer nous-mêmes les surprises.

Il y a quelques nuits, j'ai combattu amoureusement avec une sympathique souris que j'ai trouvée dans ma chambre. Je dis combattu parce que je voulais l'expulser, mais sans lui faire de mal, sauf que la souris n'était pas seulement têtue mais maligne et qu'elle a su déjouer toutes mes tentatives de l'exiler en respectant ses droits, et en évitant qu'elle ne tombe dans les griffes de l'un des chats. Après deux nuits de combats acharnés mais pacifiques j'ai fini par en avoir marre et j'ai préparé un piège, le piège classique avec le ressort, le fil de fer et le morceau de gouda. En posant le piège je me suis dit : "C'est une souris intelligente. Ça va l'effrayer et elle va comprendre qu'elle doit chercher un nouveau refuge." J'ai laissé le piège en place et je me suis tiré. J'ai été dans le seul bar de Laufenburg, un endroit sympathique tenu par des Italiens. Là, tout en buvant un verre de grappa, je me suis mis à réfléchir : "Et si ce que je faisais était injuste ? Et si le responsable des livres rongés, ce n'était pas la souris ? Et si les petites déchirures sur les cigares cubains, ce n'était pas la souris ?" Et j'ai été alors submergé par un horrible doute qui m'a empêché de m'approcher du piège. Je n'ai pas voulu et je ne veux pas le voir. Je ne supporte pas l'idée de trouver une petite, toute petite main, avec cinq doigts

Avec José Manuel Fajardo. Póvoa de Varzim. 2018

et une bague en argent à l'annulaire, écrasée à côté du fromage. Je ne pourrais pas non plus voir les minuscules gouttes de sang sur la moquette qui se dirigent vers la porte, montent les marches, sortent dans le jardin, et s'enfoncent dans la Forêt-Noire, où les habitants du coin racontent que vivent certains petits lutins qui ont une tendresse particulière pour les bibliothèques. Si un jour j'ose regarder le piège je te raconterai.

Si tu vois Atxaga dis-lui de publier vite un nouveau livre de poèmes. Lire de la poésie me manque. Je suis victime d'un énorme syndrome d'abstinence de bonne poésie.

Je t'écris parce que j'aime écrire aux amis. Il est curieux le démon de l'amitié. Il s'installe entre la peau et la chemise, il y fait son nid, et comme les pies il ramène des petits morceaux brillants, signifiants ou insignifiants. La différence c'est l'insecticide de la morale qui l'établit et cela n'a donc pas d'importance.

Si tu vois Raquel embrasse-la de ma part. C'est une gamine formidable.

Reçois un fort abrazo du docteur Sepúlveda, qui après-demain se barre avec ses nains et son ex-amour, mais encore épouse et amie très chère, passer trois semaines de vacances à Lanzarote.

Et continue à écrire, vieux frère. Peut-être qu'en octobre, après la foire de Francfort, je débarquerai avec ordinateur et imprimante pour abuser de ton hospitalité et de tes dons de muse barbue.

Un autre abrazo.

Luis Sepúlveda

Laufenburg, 1995

MAILS *

Mempo Giardinelli a écrit, le 07/09/2011, à 16 h 04 :

Cher Lucho,

Dis-moi couillon, la Foire du Livre de Buenos Aires me dit que tu as prévenu que tu ne viendrais pas la semaine prochaine à Buenos Aires parce que tu es "très malade"...

Comme c'est logique je suis inquiet, parce qu'à nos âges on n'est plus les fringants jeunes gens qu'on a été. C'est pourquoi je sais qu'il n'y a pas de meilleure excuse que de dire qu'on ne va pas bien pour ne pas aller là où on s'était engagé à aller. Alors dis-moi à moi la vérité, s'il te plaît, parce que je ne veux pas me faire du souci pour rien. D'accord ?

Je t'embrasse et de toute façon je regrette de ne pas te voir, parce qu'il serait temps que tu viennes chez moi et que je t'apprenne comment on fait griller la viande !

Embrasse Pelusa de ma part et tu sais que je t'aime toujours,

Mempo

---

* Échange de mails entre l'écrivain argentin Mempo Giardinelli et Luis Sepúlveda. (*NdE*)

La réponse de Luis Sepúlveda, quelques jours après :

Cher Mempo,

Je suis content que si mes problèmes de santé peuvent servir à quelque chose, ce soit à ce qu'un ami cher – et un grandissime couillon – m'écrive ces lignes. J'ai en effet un problème de santé qui m'empêche d'aller à la Foire de Buenos Aires, j'en avais très envie, c'est un voyage que j'avais prévu il y a plus d'un an, mais il y a quelque chose qui ne fonctionne pas dans mon système respiratoire, je ne sais pas encore si c'est les poumons ou le cœur, mais c'est emmerdant parce que je suis obligé de prendre des anxiolytiques et je suis flapi.

Alors, fidèle à mon habitude je vais entrer dans un hôpital allemand pour faire tous les examens nécessaires. Une chose que j'aime chez les Allemands c'est qu'ils prennent au sérieux la santé des gens, ils ne te cassent pas les

Avec Mempo Giardinelli. Gijón. 2003

couilles comme ici en Espagne en te donnant des rendez-vous dans trois mois quand tu as besoin d'une radio ou un scanner, non, les Allemands te mettent à l'hôpital pour te faire toutes les analyses et les examens à temps et c'est ce que je vais faire maintenant. Et tu vas rire de ce que je vais te raconter, mais comme tu as été non seulement un de ceux mais celui qui m'a le plus cassé les couilles pour que j'arrête de fumer, et que je t'ai écouté, il est possible que j'ai un déséquilibre respiratoire dû aux quatre litres d'air qui entrent dans mes poumons depuis que j'ai arrêté de fumer. Alors je suis effrayé et à moitié foutu, mais en aucun cas "très malade". Comme dans la blague je ne "Baiiiiise... Baiiiise pas", je baise tout simplement. En tout cas, petit frère de mon cœur, je te remercie et je suis touché que tu t'inquiètes pour moi.

Pour la viande grillée, ça va, j'accepte, pour un ami comme toi je peux manger de la viande brûlée.

Je t'embrasse avec mon amitié de toujours, une grosse bise pour Natalia,

Lucho

2011

Avec son fils Carlos Lenin. 1984. DR

Mon fils revient au Chili

Nous, les Chiliens, nous aimons les diminutifs, peut-être parce que nous vivons dans un pays trop grand, que nous sommes peu nombreux et que la chaleur des diminutifs nous fait nous sentir moins seuls. Tout Carlos est un Carlitos, et je veux parler d'un Carlitos qui revient au Chili après vingt ans d'absence.

Il a quitté le pays lorsqu'il avait huit ans et à vrai dire il ne voulait pas s'en aller, il ne voulait pas monter dans cet avion, il ne voulait même pas être aimable avec ce monsieur de l'ACNUR (le Haut Commissariat des Nations unies aux réfugiés) qui l'a accompagné lui et sa mère en les protégeant des regards de haine que leur lançaient les soldats, surtout sur la mère, qui avait survécu à un camp de torture clandestin nommé Villa Grimaldi.

Carlitos emmenait une petite valise. Ses biens n'étaient pas nombreux : un peu de linge, un pull tricoté par sa grand-mère, un livre sur les dinosaures et une figurine en plastique du capitaine Han Solo, le plus sympathique et le plus vaillant des héros de la Guerre des étoiles. Avant qu'il monte dans l'avion un officier du renseignement lui a donné son premier passeport. Sur la couverture il y avait un "L" mystérieux avec l'inscription "Document valide pour voyager dans tous les pays mais pas pour revenir au Chili". C'est ainsi qu'à huit ans, Carlitos a rejoint la fraternité universelle des exilés.

Carlitos était un type dangereux pour la dictature de Pinochet ? Peut-être. Le prêtre directeur de l'école des Salésiens qu'il fréquentait assura qu'il ne l'avait jamais entendu prononcer de discours subversifs, mais que ses absences répétées au catéchisme en faisaient un suspect. Et, de plus, Carlitos avait fait preuve de courage devant les militaires : lorsqu'ils avaient arrêté son père en 1973, il avait tranquillisé sa mère en lui jurant qu'il s'en sortirait vivant parce qu'il était protégé par Sandokan. Trois ans plus tard, quand ils avaient arrêté et fait disparaître sa mère, il n'avait pas pleuré devant les soldats, mais il leur avait fait face en leur disant que la Confédération galactique s'abattrait sur eux.

Carlitos s'appelle Carlos Sepúlveda. Carlitos est mon fils aîné. Au Chili il avait cinq ans la dernière fois que je l'ai vu. Je l'ai revu à Stockholm un jour froid de janvier, quand il avait huit ans. Dans quelques jours nous nous reverrons au Chili pour fêter son vingt-huitième anniversaire. Il y a quinze jours, j'ai parlé de mon fils avec Jerome Charyn, de sa vie et de son retour. Le grand écrivain m'a écouté en silence avant de murmurer : "Carlitos come back."

Sa vie, comme celle de tous les enfants en exil, n'a pas été simple, mais il porte en lui quelque chose qui l'a toujours protégé du désespoir et de la frustration qui a tué tellement de compagnons, physiquement ou mentalement, ou les deux, indépendamment de l'âge. En exil, graduellement, il a appris la mort de ses

grands-parents, il a souffert d'être privé de sa patrie affective, mais en même temps il a reçu avec d'immenses démonstrations d'amour l'arrivée progressive de ses trois frères.

Nous nous retrouvions chaque fois que cela était possible. Moi j'allais en Suède ou lui venait en Allemagne. C'est à l'occasion de l'une de ces visites que j'ai perdu l'enfant pour trouver l'adolescent. Han Solo a été remplacé par une bande de garçons suédois avec lesquels il a formé un groupe de rock, et à la fin d'un concert, quand j'ai vu qu'il était acclamé par des dizaines d'adolescentes, je me suis résolu à lui parler de certaines choses que je considérais importantes.

Avec Carlos Lenin. Gijón. 2019

"Le moment de te dire un truc intelligent est venu", lui ai-je dit. "OK, vieux sage, révèle-moi une vérité universelle", m'a-t-il répondu. "Mon grand-père disait que l'on est de l'endroit où on se sent le mieux." "Super. C'est vrai. Moi je suis d'ici", a-t-il répondu, et accroché à sa guitare Fender Stratocaster, il est remonté sur scène au milieu des cris des filles qui l'acclamaient. Je l'ai toujours soupçonné et maintenant j'en suis sûr. Carlitos a fait de la musique l'endroit où il se sentait le mieux. La musique a été et est sa patrie. Et même sa famille, puisque cette bande de jeunes Suédois a duré, avant ils se faisaient appeler Base, maintenant ils s'appellent Psycore et ils sont un des groupes de hard rock les plus célèbres de Scandinavie, d'Angleterre et d'Allemagne.

"On est d'où on se sent le mieux", m'a-t-il répété il y a huit ans en me présentant une très belle Suédoise avant d'ajouter : "Elle s'appelle Linda et c'est ma compagne pour toute la vie." C'était vrai et ça l'est toujours. Ils se sont mariés en avril 1999, nous avons fait une grande fête à laquelle ont participé tous ses frères allemands, son frère suédois, sa sœur équatorienne et des centaines d'amis. Parmi les invités il y avait ma mère, la seule grand-mère qui lui est restée. Et elle lui a rendu un morceau de Chili : un pichet en argent avec lequel le grand-père, mon père, lui servait le petit-déjeuner. C'est là que je l'ai vu pleurer pour la première fois tandis que, serrant le pichet, il répétait le mot Chili avec toute la douleur du manque, avec toute la fureur amoureuse des années d'exil.

Carlos Lenin pendant l'hommage posthume à son père.
Gijón. 2022

vida

Mes enfants et moi nous nous comprenons avec peu de mots. Le moment était venu de revenir, de régler les comptes avec la vie, et j'ai compris qu'il voulait que je sois à ses côtés. Dans quelques jours nous serons à Santiago. Carlitos n'emportera pas avec lui la figurine de Han Solo. Il aura entre ses mains les mains de sa compagne, Linda, ma fille suédoise adorée, et après avoir été sur les tombes de nos morts nous boirons un vin chilien, un vin joyeux, sain et fraternel qui l'attend depuis vingt ans et qu'il mérite, parce que, comme son grand-père et son arrière-grand-père, Carlitos appartient à la lignée des hommes qui aiment la vie et cet amour nous répète que nous vaincrons.

Gijón, 2001

Nous croyons toujours aux rêves *

Je suis ému et l'émotion est une confusion de sentiments qui viennent des souvenirs, et nous nous souvenons parce que nous avons de la mémoire. Je me rappelle que, quand je n'avais pas encore dix-huit ans, je marchais dans les rues autour de la Bibliothèque nationale avec l'immense désir d'y entrer pour m'installer lire tous ces livres que j'imaginais stockés sur les étagères, ces livres que je ressentais comme miens et auxquels je n'avais pas accès, parce qu'à l'époque une détestable disposition bureaucratique interdisait l'entrée aux mineurs. Ainsi, le bâtiment central de la Bibliothèque nationale était interdit aux plus jeunes, et nous devions nous rabattre sur un bâtiment plus modeste, mais pas moins beau pour autant, qui se trouvait dans la rue Compañía, tout près de la Plaza Brasil.

J'étais à l'époque un jeune homme empli de rêves, et c'était pour ça que je militais aux Jeunesses communistes, la proximité avec d'autres jeunes rêveurs multipliant mes rêves. Certains de ces rêves étaient héroïques, à longue portée, d'autres étaient plus

* Intervention pour le lancement de la maison d'édition Aún creemos en los sueños à la Bibliothèque nationale de Santiago du Chili, le 16 avril 2002. (*NdE*)

TOP
CONTENDER

modestes, peut-être plus quotidiens, plus humbles, plus chiliens.

L'un d'eux consistait à trouver une copie de la clef de ce vieux bâtiment abritant la section jeunesse de la Bibliothèque nationale, d'y entrer subrepticement, et d'y passer un week-end sans autre compagnie que les livres.

C'était un rêve borgésien, nérudien, rohkien, qui englobait d'autres poètes comme Machado, León Felipe, García Lorca, et les écrivains que je lisais le plus : Coloane, Yankas (personne ne s'en souvient), Nicomedes Guzmán, Baldomero Lillo, Juan Godoy, Sepúlveda Leyton, et tant d'autres par qui j'ai appris que la patrie est beaucoup plus qu'un simple drapeau.

En ces années heureuses, nous les élèves allions souvent visiter le Congrès et la Chambre des députés dans le cadre de nos cours d'éducation civique. Nous y apprenions le fonctionnement de notre imparfaite mais exemplaire démocratie, le pouvoir législatif nous était présenté comme la colonne vertébrale du pays et l'ardeur des discours prononcés par les représentants des citoyens donnait une vigueur accrue à nos rêves. Nous visitions aussi la section jeunesse de la bibliothèque, et c'est au cours de l'une de ces visites qu'a commencé à prendre forme le plus impérissable de mes rêves.

Je rêvais que tous ces livres enfermés voulaient parler, qu'ils attendaient le bon interlocuteur, qui n'était autre que moi. Je rêvais que les livres me parlaient avec leur langage silencieux, me montraient chaque mot en particulier et tous les mots imprimés dans leurs pages, et exigeaient de moi une promesse ; celle de me transformer en dépositaire, en veilleur, en amoureux protecteur des mots. Et je promettais de veiller à ce qu'ils ne perdent jamais leur valeur intrinsèque, leur capacité à nommer toutes les choses et partant de là à les faire exister.

Il n'est jamais facile de voir un rêve se réaliser, mais le mien, peut-être parce qu'il était tellement naïf, tellement peu épique, tellement chilien, ne rencontra pas d'obstacles majeurs. Un après-midi, et grâce à l'influence du cinéma, je piquai à la bibliothécaire un jeu de clefs et je pris l'empreinte de celles qui me paraissaient les plus importantes à l'aide d'un moule en cire. Plus tard, grâce à la collaboration sans questions d'un ami qui travaillait avec son père dans un petit local où ils faisaient des clés, à l'entrée du Portal Fernández Concha, j'obtins le jeu de clés qui devaient m'ouvrir les portes de la bibliothèque.

Je me rappelle, parce que ma mémoire obstinée de Chilien ne cesse de se rappeler, qu'un week-end j'ai acheté ce qui me semblait être la ration de survie des écrivains : des petits pains à l'anis et du lait. Je dois préciser que d'autres amis, le peintre Carlos Catasse, l'acteur Jorge Guerra, l'inoubliable "Sauvage" Hugo Araya, partageaient ce goût étrange pour le lait et les petits pains à l'anis, ce qui permet d'en déduire que c'est aussi l'aliment de base des peintres, des acteurs et des caméramen.

Ce fameux jour, doté de lait et de petits pains à l'anis – les meilleurs étaient ceux de l'incomparable boulangerie La Selecta –, j'ai attendu caché dans un patio que le personnel de la bibliothèque quitte les lieux, ferme la porte principale, et je me suis dirigé vers la vaste salle où s'alignaient les rayonnages avec les livres. Je dois ajouter que j'étais au début de mon destin de fumeur invétéré, et qu'à la ration de survie s'ajoutaient deux paquets de ces délicieuses "Liberty". Une des clés a tourné dans la serrure, j'ai poussé la porte, et je suis entré pour la première fois dans ce qui serait et est ma seule patrie : ma langue et ses mots.

Je prenais des livres au hasard, j'en lisais deux pages, j'en saisissais un autre, ceux que je connaissais me laissaient l'agréable impression de tomber sur un vieux copain, ceux que je ne connaissais pas m'emplissaient de soif de lecture. L'aventure a été bel et bien brève ; à peine deux nuits et deux jours enfermé dans le vieux bâtiment, mais à l'aube du lundi je suis ressorti avec la satisfaction d'avoir réalisé un rêve, et d'avoir fait en plus une grande découverte : la générosité existait et était un attribut du genre humain. C'était ce que me disaient les annotations faites sur les premières pages de certains livres : "cet exemplaire provient de la bibliothèque personnelle de l'écrivain Hugo Goldsack qui en a fait don", "cet exemplaire provient de la bibliothèque personnelle de la professeure et poétesse Escilda Greve qui en a fait don", et une longue liste de livres offerts pour que tout le monde en profite.

Je rêve, je crois encore en mes rêves, et l'une des façons de croire en eux est de se souvenir de ces annotations. Je rêve qu'un jeune écrivain s'enferme dans une bibliothèque et y trouve un livre surprenant, et c'est pour cela qu'il y a longtemps que j'ai renoncé à la vanité de la bibliothèque personnelle. Quelques centaines de livres m'accompagnent qui sont, en majeure partie, des livres d'amis, ou des livres auxquels je reviens toujours. Mais je vide systématiquement mes étagères pour donner les livres que je considère importants de partager à diverses bibliothèques publiques. C'est vraiment une grande façon de partager et de socialiser les rêves.

Je rêve, et tant pis si une vision présentant le profit comme seule boussole de l'homme stigmatise les rêves et les rêveurs. Je me considère comme un rêveur, j'ai payé un prix assez élevé pour mes rêves, mais ils sont si beaux, si pleins et si intenses que je suis prêt à le repayer encore et encore.

Je crois qu'il n'y a pas de rêve plus beau que celui d'un monde où le pilier fondamental de l'existence est la fraternité, où les relations humaines sont basées sur la solidarité, un monde dans lequel nous partageons tous le besoin de justice sociale et agissons en conséquence.

Mes rêves sont inaliénables, ils sont têtus, intraitables, résistants, et ils passent avant l'horreur du cauchemar de la dictature. La défense de ces rêves est liée au vieux débat entre beauté et horreur, entre le bien et le mal au sens le plus plein et le plus intense.

Un jour, une amie journaliste argentine interviewait un trafiquant d'armes, une ordure détenteur d'un portefeuille ministériel dans la nation sœur, et à un moment de l'interview elle lui a demandé s'il croyait aux rêves. L'ordure lui a répondu que non, et il a ajouté que "ce problème" se soignait avec l'aide d'un psychanalyste. Il existe sans aucun doute des individus qui craignent les rêves, les rêveurs et la capacité à rêver, et pourtant la présence des rêves et des rêveurs est inextinguible.

J'évoquerai l'un de ceux que j'ai eu la chance de connaître lorsque j'étais très jeune – on est très jeune jusqu'à dix-huit ans, après on est simplement jeune et cet état se maintient grâce aux rêves jusqu'à la tombe – et, comme beaucoup, je l'attendais impatiemment. C'était un poète espagnol républicain, un rouge, appelé Marcos Ana, et il débarquait au Chili par l'entremise de Pablo Neruda.

Marcos Ana arrivait du territoire infâme de la prison où il avait été enfermé pendant vingt-cinq ans. Sitôt franchi les portes de la prison de Carabanchel, à Madrid, il s'était rendu chez l'un de ses camarades, avait pris une douche, s'était changé, avait bu un verre de vin et s'était dirigé vers l'aéroport où il était monté dans l'avion qui allait l'amener à Santiago du Chili.

À l'aéroport l'attendait Neruda, car tout homme ou femme de bonne volonté qui débarquera au Chili sera toujours reçu par Neruda, par un Pablo invisible, dissous et présent dans l'air, dans le feu et dans le vin. Au parc Bustamante, nous étions quinze mille jeunes Chiliens à l'attendre, quinze mille rêveurs indécrottables comme pouvaient l'être les militants des Jeunesses communistes du Chili que nous étions. Nous l'attendions avec tout notre amour de jeunes gens et de rêveurs, avec nos bouches adoucies par toute la tendresse qu'inspire le mot "camarade".

Nous savions qui était cet homme fragile qui, à peine sorti de prison, a dit que ses rêves demeuraient purs et frais comme au premier jour de la République. Le dictateur, Franco, n'y avait pas touché.

Franco, au cas où l'un des jeunes gens présents dans cette salle l'ignorerait, était un crétin de petite taille et d'envergure morale encore plus réduite. Une ordure qui mesurait à peine un mètre soixante avec le quotient intellectuel d'une souris idiote. Une caractéristique que partagent tous les dictateurs. S'y ajoute, nous en savons quelque chose, le fait d'être aussi voleurs que des pies. Un beau jour, à la fin des années 1960, ses mouchards lui ont rapporté que les subversifs commençaient à agir de façon terrible en Espagne ; ils ne posaient pas de bombes, n'organisaient pas de grève, n'appelaient pas à l'incendie, mais proposaient ouvertement de rêver à une réalité neuve.

Ces subversifs avaient des visages et des noms : une femme très belle comme seules peuvent être belles les sorcières – selon l'Espagne catholique et franquiste – s'appelait Maria del Mar Bonet et avec sa voix donnait forme aux rêves démocratiques. Un autre, un dangereux anarchiste à en croire les torchons officiels, appelé Joan Manuel Serrat, invitait dans ses vers à rêver de mondes meilleurs et possibles, rejoint en cela par Lluís Llach, Paco Ibáñez et José Antonio Labordeta : "Il y aura un jour où tous / en levant les yeux / nous verrons une terre / appelée Liberté..."

Les dictateurs ont d'ordinaire un prête-nom alphabétisé, un plumitif qui, à partir d'une improbable position au-delà du bien et du mal, joue les "intellos

Marcos Ana. Gijón. 2009

organiques" au service du satrape, que ce soit par sa voix ou par ses silences. Franco en a eu plus d'un, et l'un d'eux, aujourd'hui oublié dans les cloaques de l'histoire, a rédigé un manifeste condamnant les rêves parce que rêver, a-t-il dit/écrit dans la presse du régime, était une attitude propre aux juifs, aux communistes et aux francs-maçons. L'Espagne catholique et franquiste ne rêvait pas, et le plumitif dont les mots sont conservés dans un bocal de formol pour être examinés par les bactériologues le jour où ils manqueront de résidus fécaux, concluait son manifeste de la manière suivante : "Les rêves ne se réalisent jamais, ils pourrissent tout au plus dans les têtes des rêveurs."

Depuis la prison, Marcos Ana répondit : "Mes rêves sûrement font peur au tyran / comme un chant lointain / comme un glas souterrain / comme toutes les voix qu'il ne comprend pas. / Mes rêves sûrement/ d'homme et de Poète / sont recouverts du fer /qui

enserre ma vie / et je rêve aujourd'hui d'épées joyeuses. / Sûrement, me dis-je / n'ont-ils toujours pas compris / qu'ils ont enfermé l'homme / parce qu'ils n'étaient pas capables / de mener l'assaut victorieux/contre la forteresse de ses rêves / qui le fait rêver plus fort encore."

Les vers de Marcos Ana ont prévalu, ils sont demeurés dans la mémoire obstinée qui a rendu possible le retour de la normalité démocratique en Espagne.

Nous aussi, nous avons partagé un beau rêve collectif né à l'aube de l'histoire du Chili comme nation, comme pays, et qui a connu sa plus haute expression durant les mille jours du gouvernement d'Unité populaire dirigé par le Camarade Président Salvador Allende. L'interruption tragique et criminelle de ce rêve partagé ne lui a pas enlevé sa légitimité, et l'a encore moins fait tomber dans l'oubli, il a aussi prévalu dans la mémoire obstinée, dans la mémoire rebelle des résistants, de toutes celles et de tous ceux qui ont poursuivi la plus noble des missions, et qui ont tout donné pour qu'il ne disparaisse pas avalé par les ténèbres de la dictature. C'est grâce à eux que nous sommes aujourd'hui ici, à la Bibliothèque nationale, et c'est en leur honneur que nous disons que nos rêves, qui sont l'exercice de l'incontournable devoir de rêver, sont toujours vivants, forts et invaincus.

J'ai parcouru le monde et fait bien du chemin, et partout où je suis allé, soit j'ai trouvé les traces d'autres rêveurs comme nous, soit je suis tombé sur des femmes et des hommes qui sont comme la prolongation même de nos rêves, parce que nous aussi nous faisons leurs rêves. Oui, aucun doute : les rêves justes sont la plus haute expression de l'internationalisme, de la volonté de rendre globale, planétaire, cette justice sociale qui est la moelle de tous les rêves.

Je pourrais en citer beaucoup, mais je m'arrêterai spécialement sur un homme qui est aujourd'hui un vénérable ancien. Il s'appelle Avrom Sutzkever, il s'appelle Poète Avrom Sutzkever et depuis sa maison en Israël il continue à rêver au monde possible des justes.

Il est né et à vécu une partie de sa vie à Vilnius, la capitale de la Lituanie, l'un des États qui se dressent face à la mer Baltique. Avant la Seconde Guerre mondiale, Vilnius était une ville vivante et accueillante, qui partageait avec Paris et Berlin une sorte de statut de capitale européenne de l'art et de la culture. Einstein donnait des conférences à Vilnius, Freud a popularisé ses premières théories psychanalytiques à Vilnius, Eisenstein est venu parler de cinéma à Vilnius, c'est à Vilnius que Kokoschka a accroché ses premières expositions. C'était une ville où la vie était possible, jusqu'à la tombée de la longue nuit de l'occupation nazie, et la peste brune a éradiqué cette vie flamboyante tournée vers le savoir.

Les juifs ont été déclarés sous-hommes, maudits, pestiférés, conduits d'abord dans un ghetto et ensuite, de là, dans les camps d'extermination. Certains se sont révoltés, Avrom Sutzkever parmi eux, mais ils ont été vaincus et conduits devant le peloton d'exécution.

Comme nous le verrions des années plus tard au Chili, avant d'être fusillés ils ont dû creuser leurs propres tombes, et c'est alors qu'il le faisait que la pelle de Avrom Sutzkever a coupé en deux un ver de terre. Perplexe, il a constaté que les deux morceaux continuaient à bouger, que ce coup de pelle mortel, loin d'effacer la vie du ver de terre, la multipliait par deux. Deux autres coups de pelle ont coupé en quatre le petit ver de terre, et il continuait à bouger.

Alors, le poète résistant Avrom Sutzkever a compris que si cette vie si fragile, si perméable, s'obstinait à vivre, c'était parce que sa nature lui indiquait que, même si on la tranchait en parties infinies, la vie continuait à être possible, et il a décidé qu'il survivrait.

Quand l'officier SS a donné l'ordre de tirer, il a sauté dans la tombe. Une balle l'a touché, mais elle n'était pas mortelle. Blessé, il a senti qu'on le recouvrait de terre, et il a retenu son souffle, économisant le peu d'air enfermé entre son corps et le fond de la fosse, et il a attendu là, jusqu'à ce que la soif de vivre lui indique qu'il était l'heure de ressusciter, comme Lazare.

Avrom Sutzkever a été commandant des partisans juifs, dans les maquis de la Baltique. Il a livré mille combats contre les nazis, ses troupes, ses maquisards, attaquaient et se retiraient dans les forêts. Il s'est vite transformé en légende, et un jour un avion russe a atterri derrière les lignes allemandes avec la mission de ramener le poète commandant Avrom Sutzkever à Moscou. Là-bas, à l'abri, il a été reçu et célébré par de grands écrivains de l'envergure de Ilya Ehrenbourg ou Boris Pasternak, qui ont même tenté de lui faire obtenir le prix Staline, qu'il a refusé d'accepter parce qu'il a estimé que sa condition de combattant était consubstantielle à sa condition de rêveur et de poète.

Il a insisté sur le fait que sa façon d'agir était "normale" en pareilles circonstances, et que le normal n'avait pas besoin de reconnaissance particulière.

Après quelques jours à Moscou il a demandé à retourner à son poste de combat, en première ligne, parmi ceux qui combattaient le fascisme en défense des rêves les plus purs de l'humanité. Il fut bien sûr incompris. Depuis l'arrière, Ilya Ehrenbourg écrivit une lamentable diatribe contre Avrom Sutzkever dans laquelle il le qualifiait de "rêveur fou" et l'accusait de refuser les honneurs et la possibilité d'agir en intellectuel antifasciste, et de préférer l'aventure.

Quand j'ai connu les détails de cette histoire, j'ai su alors que, ou bien les rêves sont accompagnés de la plus grande audace, ou bien ils cessent d'être des rêves.

Avrom Sutzkever. Tel-Aviv. 1982

Si nous ne sommes pas audacieux, qui n'est pas un synonyme d'irresponsable, si nous ne sommes pas terriblement audacieux dans nos rêves et que nous ne croyons pas en eux jusqu'à ce qu'ils deviennent réalité, alors nos rêves se fanent, meurent, et nous avec eux.

De par le monde j'ai rencontré de magnifiques rêveurs, des hommes et des femmes qui croient obstinément à leurs rêves. Ils les conservent, les cultivent, les partagent, les multiplient. Et moi, humblement, à ma manière, j'ai essayé de faire la même chose.

Je suis d'abord un citoyen et un homme libre, et ensuite un écrivain. Je crois que l'on est homme avant d'être artiste ou écrivain, je crois que l'on est responsable avant d'être célèbre, je crois que l'on est juste avant d'être connu, car dans le cas contraire l'art, la célébrité et le renom ne sont que des excuses pour ne pas remplir ses devoirs d'homme et de citoyen.

Chaque fois que je vais au Chili j'ai du mal à parler de mes vieux rêves invaincus, mais l'écrivain vient heureusement à mon secours, le conteur d'histoires qui s'accroche à une mémoire que j'aime. Il y a deux jours je me suis rendu dans une école au sud de Santiago, dans la commune de San Miguel, ma commune, pour dialoguer avec les élèves. Une belle jeune fille de seize ou dix-dept ans, très belle, je dois dire, peut-être parce que sa beauté était le reflet de ses rêves, m'a dit : "Raconte-moi comment était le trajet entre ta maison et ton école quand tu avais mon âge." J'ai fait alors appel à un rêve réel et récurrent.

Dans mon rêve, je sors de chez moi par un matin de pluie, parce que j'aime bien les jours de pluie à

Santiago, parce que les jours de pluie obligent la ville à retrouver une intimité perdue. Les gens se rapprochent, se touchent, permettent de partager l'intimité d'un parapluie, la complicité d'un café ou d'un verre de vin dans un café quelconque où on entre avec l'excuse d'échapper à la pluie. Les jours de pluie te poussent même à parler, à dire des banalités du genre "il pleut", à nommer collectivement la pluie, avec agacement chez celui qui a des souliers percés, avec indifférence pour qui possède un bon imperméable, avec étonnement quand on vient du Nord et qu'on conserve encore le désert dans son regard, avec dédain si on débarque du Sud profond, là où il pleut pour de vrai. Mais de toute façon, à force de la nommer, la pluie existe, le mot même se transforme en une chose humide et en l'évocation magique des *sopaipillas*, ces beignets tellement chiliens qui ont été inventés pour les jours de pluie.

Donc, dans mon rêve, j'arrive sous la pluie à un coin de rue particulièrement sûr, car à cet endroit s'arrêtent d'énormes véhicules qui ressemblent à de lents cétacés gris.

Ils s'arrêtent uniquement à ce coin de rue qui fait partie de mon trajet routinier vers l'école, où l'écolier que je suis se sent en sécurité. Sur le côté ils portent une inscription qui dit : "Transports Collectifs de l'État (ETC)." C'était une entreprise étatique au fonctionnement régulier, le chauffeur de ce bus était quelqu'un de sympathique à sa manière, il nous rendait la vie impossible en exigeant de nous la "carte scolaire" qui donnait droit – même nous les plus jeunes avions réussi à obtenir des droits – au tarif réduit pour les étudiants. Ce chauffeur conduisait prudemment et nous transmettait un sentiment de sécurité. Le bus avançait sans se presser dans les rues de Santiago, et ce chauffeur était protégé par un autocollant avec une image pieuse, et une légende qui disait "Dieu est mon copilote". En plus, ce chauffeur était protégé par un contrat de travail, bénéficiait de congés payés, d'une retraite, et de tous les droits conquis par cette société chilienne dont il était partie intégrante.

Ce chauffeur n'était pas obligé de foncer comme un psychopathe allant à la pêche aux passagers pour gagner son pain, en fonction des tickets déchirés. Il était protégé par les rêves d'autres hommes qui par leurs efforts avaient rendu possible la réalisation d'autres rêves tels que le contrat social, le contrat de travail, la liberté syndicale, la possibilité de participer et de décider du fonctionnement de la société.

Je montais dans le bus de la ETC, obéissant à la consigne confuse nous enjoignant "d'avancer dans le couloir" ou "d'aller vers l'arrière", j'arrivais au fond du véhicule, là où ronronnait un puissant moteur Mitsubishi qui dégageait une chaleur unique en son genre. C'était peut-être là que je faisais la connaissance d'une fille, et que main dans la main nous nous émerveillions de Santiago sous la pluie, de notre ville perdue au sud du monde, ou peut-être somnolions-nous, bercés par la rumeur du moteur et le bruit de la pluie.

Quand nous arrivions à proximité de notre école, nous tirions sur cet étrange mécanisme composé d'une sonnette de bicyclette et d'un fil tendu tout au long du bus, et qu'on appelait la sonnette d'arrêt. Le véhicule stoppait alors à un endroit déterminé, toujours le même, à cet arrêt qui était dans la ville un repère géographique, une marque d'identité, le signe d'une volonté d'organisation, d'un sens de l'ordre citoyen.

Et donc nous allions à l'école avec l'assurance qu'au retour, la ville nous répondrait avec la même efficacité sereine, que nous prendrions invariablement le bus de l'ETC fidèle au rendez-vous, car le service était payé par nos parents, par tous, et par un État qui faisait attention à nous, les jeunes rêveurs d'alors, et comprenait qu'il était de son devoir de nous protéger pour nous permettre de continuer à rêver et pour que ces rêves deviennent réalité.

Ce trajet tel que je l'ai raconté à une lycéenne de San Miguel, elle ne peut pas le raconter de la même façon, car son expérience du transport public est, comme pour la majorité des habitants de Santiago, un cauchemar permanent : elle doit voyager dans des véhicules gérés par des criminels issus du patronat né avec la dictature, dans des véhicules qui sont dans un état lamentable, et sa vie est à la merci de la volonté démentielle de ceux qui jouent avec leurs vies et avec celles de tous au nom du libre marché.

Parfois, en Europe, je rêve du Chili. Et dans mes rêves le pays bien-aimé qui n'existe plus qu'à l'abri des frontières de ma mémoire est un pays aimable, ordonné, fraternel, sûr et avec des rêves invaincus.

Mais la nature de mes rêves est obstinée, et cette obstination sans concession je la retrouve chez de nombreux Chiliennes et Chiliens que je vois chaque fois que je vais au Chili. Il y a quelques semaines j'étais

Page suivante : Sur la place Rouge. Moscou. 2005

dans le Sud profond et austral, en Patagonie, qui est un territoire auquel je suis très fortement lié, sur un mode passionnel et amoureux. Je suis incapable d'expliquer pourquoi j'aime autant la Patagonie, des deux côtés de la frontière, je sais seulement que je l'aime et que je me sens bien, vivant et rêveur chaque fois que je mets un pied au sud du 42e parallèle. Cette fois, j'étais avec un groupe de pêcheurs locaux, des gens qui ont des vies très dures et sont toujours à la merci des multinationales qui pillent les eaux chiliennes, toujours méprisés et abandonnés par les gouvernements, qu'ils soient dictatoriaux ou nouvellement démocratiques. Nous avons évoqué un homme, un homme très particulier, un homme qui a été pour moi un compère. Il est fondamental d'avoir dans la vie un ou plusieurs compères. Ici, je suis accompagné par Victor Hugo de la Fuente, qui est aussi un compère.

Mon autre compère, le pêcheur, le Patagon, était un type peu bavard. Nous nous étions connus il y a longtemps, unis par le militantisme. Nous nous sommes présentés, serré la main, nous avons échangé deux ou trois mots, nous nous sommes plu, nous avons commencé à bien nous aimer, et c'est comme ça qu'à la seconde bouteille de vin, tout en parlant de la mer, il m'a dit : "J'ai un enfant qui va être baptisé, tu ne voudrais pas être son parrain ?" J'ai répondu oui, et c'est comme ça que la vie m'a offert un compère, une commère et un filleul. Mon univers familial et affectif s'est élargi.

J'ai commencé à faire partie d'une famille australe dont la sociabilité était la raison d'être, et ce qui nous réunissait le plus, c'étaient nos rêves partagés. Nous rêvions d'un pays où l'université serait ouverte à tous, où l'éducation ne serait pas un privilège, et ce rêve, nous avons été sur le point de le réaliser en 1970. Nous rêvions d'une mer aux ressources infinies qui arriveraient sur toutes les tables, nous rêvions que les hommes de la mer puissent dire avec fierté "je suis pêcheur".

Mon compère. Comme je l'ai dit, il n'était pas loquace. Je ne suis jamais parvenu à en tirer des phrases de plus de trois mots, et cependant nous passions des jours entiers à parler, parfois avec des mots, et d'autres avec des silences.

Une ou deux fois par an j'allais à Conchi pour les voir. Ma commère m'accueillait toujours avec effusion, elle me serrait dans ses bras avant de me montrer les pots où elle faisait pousser des géraniums "cardenales", ces belles orchidées des pauvres qu'elle soignait avec une divine main verte. Mon compère arrivait là-dessus, passait plusieurs minutes à m'observer, avec un ton dans la voix qui ne trahissait pas l'émotion qui lui faisait briller les yeux, il demandait : "Qu'est-ce que tu veux manger ?"

"C'est toi qui sais", c'était ma seule réponse.

Mon compère enfilait alors plusieurs gilets de laine de Chiloé, et par-dessus la tenue de plongée mille fois rapiécée, il vissait le scaphandre, et descendait au fond de la mer. Un aide ou "secrétaire" lui envoyait de l'air depuis le bateau au rythme d'un Ave Maria, et peu après mon compère émergeait, tout dégoulinant d'eau et d'algues, scintillant naufragé remontant de la mer un prodige qui réjouissait sa table, qui honorait sa table, et c'était une fête digne de l'incomparable fraternité des gens du Sud, de la merveilleuse hospitalité des pauvres du Sud.

Quand je suis rentré d'exil, en 1989, la première chose que j'ai faite a été un voyage dans le Sud pour aller voir mon compère, ma commère, mon filleul. Nous ne nous étions pas revus durant mes seize années d'exil. Je lui avais souvent écrit, et c'était toujours elle qui se chargeait de répondre à mes lettres. Elle me racontait, sans se plaindre, comment allait leur vie, comment allait mal leur vie durant la dictature. Ils avaient été contraints de vendre leur maison de Conchi et d'émigrer encore plus au sud, à Puerto Chacabuco, poussés par la voracité des grandes entreprises de pêche qui avaient pris possession de la mer chilienne. Dans plusieurs lettres elle me parlait de ses cardenales, intensément rouges et se multipliant dans leur rêve de beauté. Dans d'autres, elle me décrivait la violente beauté des Fjords, dans un langage très économe, très simple, très éloigné de toute redondance, mais d'une étonnante force poétique. Et quand elle écrivait le mot Fjord avec une majuscule, moi, en Europe, je sentais qu'elle me parlait d'une force plus grande, porteuse d'espoir, d'un rêve latent et en sécurité dans l'immensité australe.

Seize ans avaient marqué son visage de rides, sa chevelure n'était plus noire comme autrefois, mais son sourire avait la douceur de toujours tandis qu'elle m'offrait un maté et me parlait de ses cardenales. Mon compère est arrivé sur ce, sérieux et peu loquace, comme toujours. Il s'est arrêté à un mètre de distance, a stoppé d'un geste mon envie de le serrer dans mes bras, m'a observé, examiné un bon moment et a fini par s'exclamer : "Qu'est-ce que tu veux manger ?"

"C'est toi qui sais", ai-je répondu, serré tout contre ma commère.

Il a enfilé sa tenue de plongée, vissé le scaphandre de bronze et est descendu au fond de la mer. Cette fois c'était mon filleul, un homme à présent, un pêcheur un vrai, qui lui envoyait de l'air en actionnant la pompe au rythme de l'Ave Maria. Et comme toujours, mon compère a émergé tout scintillant et portant un palpitant trésor de la mer à la hauteur de la dignité de sa table.

Après manger, nous avons parlé, découvert que nous partagions quelque chose de plus qui s'appelait un inventaire de pertes. Nous nous sommes serrés dans les bras, nous avons pleuré en nommant tous ceux des nôtres qui n'étaient plus là, ceux qui nous manqueront toujours, nos bien-aimés frères en rêve qui ont donné la vie à cause de la dimension de leurs rêves. Nous avons pleuré pour toutes celles et tous ceux qui sont enterrés dans des endroits que seuls leurs assassins connaissent, ou qui ont été jetés, vivants et entravés au fond de la mer.

Mais les sanglots et un bon verre de vin nouveau une fois bus, nous avons commencé à parler de nos rêves, et nous avons découvert qu'ils étaient toujours les mêmes, forts, insolents, indomptables, implacables, obstinés, nécessaires, indestructibles.

Tout cela et beaucoup plus m'a renforcé dans ma condition de rêveur. Je continue à être, donc, un

Page suivante : Devant le palais de La Moneda. Santiago. 2015

rêveur, et ma littérature ne peut être vue et comprise que depuis ce point de vue.

Mes histoires sont écrites par un homme qui rêve d'un monde meilleur, plus juste, plus propre et généreux. Mes histoires sont écrites par un Chilien qui rêve que ce pays réalise le plus beau des rêves : celui de nous asseoir tous avec confiance à la même table, et sans la honte de savoir que les assassins de ceux qui nous manquent n'ont pas reçu le juste châtiment.

Et ce rêve se matérialisera le jour où nous saurons où sont ceux qui nous manquent, parce que en le sachant notre mémoire ne gardera pas ouvertes les blessures de l'incertitude, le baume de la justice se chargera de les refermer et nous pourrons continuer à rêver, parce que c'est seulement en rêvant et en étant fidèles aux rêves que nous parviendrons à être meilleurs, et si nous sommes meilleurs le monde sera meilleur.

Depuis mon modeste état d'écrivain et de rêveur je puis assurer qu'une initiative telle que celle qui nous réunit aujourd'hui, saluer l'existence d'une maison d'édition qui s'appelle "Nous croyons toujours aux rêves", est une magnifique occasion de revendiquer la justice en laquelle nous rêvons et que nous voulons : nous rêvons qu'un autre monde est possible, et nous ferons une réalité de cet autre monde possible.

Il est beau et exaltant de répondre à l'appel d'une maison d'édition, d'un collectif humain qui fabrique des livres, parce que la parole écrite est le grand dépositaire des rêves.

Santiago du Chili, 2002

La première fois où j'ai crié "Action !"

Le 11 mars, je me suis couché très tôt mais, avant de fermer les yeux, j'ai consulté le bulletin météo du lendemain. Le soleil était annoncé, un grand soleil sur le nord de l'Argentine, et c'était précisément de soleil dont nous avions besoin pour commencer le tournage de *Nowhere,* mais en pleine nuit, à quatre heures, j'ai été réveillé en sursaut par le grondement du tonnerre et aussitôt une pluie torrentielle s'est abattue sur la ville de Salta.

À six heures du matin, aux premières lueurs, il continuait à pleuvoir et, tout en buvant le premier café de la journée, nous organisâmes une réunion d'urgence avec Beppe, le directeur de la photo, Roberta, la caméraman, Aitor, le preneur de son, Diego et Martín, mes assistants de direction, et Roberto, le producteur exécutif. Dans la langue improvisée que nous employâmes pendant tout le tournage, mélange d'italien, d'espagnol et d'anglais, nous décidâmes que, malgré la pluie qui paraissait ne pas vouloir cesser, nous commencerions de tourner à l'heure convenue, mais avec un léger changement : nous filmerions les intérieurs d'un train en marche, et quel train !

Le vieux Train des Nuages grimpe lentement à près de quatre mille mètres d'altitude, tiré par deux

locomotives Diesel. Sur certains tronçons, la pente est si raide que les ingénieurs qui construisirent cette ligne destinée à relier l'Argentine et le Chili avaient tracé de curieux zigzags à flanc de montagne, permettant au convoi de prendre de l'élan et de poursuivre sa route.

Nous disposions d'une locomotive, d'un vieux wagon de passagers aux vagues allures d'Orient-Express qui nous servait de loge, de salle de maquillage, de vestiaire, de cafétéria et de réserve de matériel, ainsi que de deux wagons de marchandises que Coca et Cristina, les directrices artistiques, avaient transformés en prisons roulantes.

À sept heures du matin, plus que la pluie, c'était un véritable déluge qui s'abattait sur la gare de Campo Quijano, le dernier village au pied des Andes. "C'est ça, le climat du désert ?" demanda l'acteur cubain Jorge Perugorría. Daniel Fanego, argentin, lui répondit que la pluie était un cadeau des dieux andins, à quoi le reste de l'équipe répliqua par une bordée de gentilles insultes.

Leo Sbaraglia, lui aussi argentin, commença à distribuer des cirés jaunes qui nous métamorphosèrent en une armée de lutins, tandis que mon frère Carlos veillait à ce que la pluie ne démaquille pas les visages de ses "commandos", tous acteurs de théâtre et étudiants de Salta, qu'il avait transformés en de terribles guerriers à l'issue de deux semaines d'instruction.

Andrea Prodan, italien, annonça que Marcelino, l'homme le plus populaire du tournage, chef électricien, éclairagiste, bras droit du directeur de la photographie et amoureux passionné du cinéma, avait préparé son

Ci-contre et page suivante : Pendant le tournage de *Nowhere*. Salta. 2001

ALLENDE
VIVE

incomparable café pour tout le monde. Si bien que sur le quai de la gare, ce café nous réchauffa le corps, les arias chantées par Luigi Buruano nous réchauffèrent l'âme et nous restâmes de bonne humeur, stimulés par les histoires extraordinaires racontées par Martín Seefeld, Antonio Hugo, Ariel Casas et Oscar Castro.

Il pleuvait sans discontinuer. Daniel, le photographe, avait déjà pris des centaines de photos lorsque nous reçûmes le signal du départ, mais avant que le convoi s'ébranle on m'apporta une bouteille de champagne français qui devait servir à inaugurer officiellement le tournage de *Nowhere*. Luigi Buruano s'empressa de distribuer des gobelets en plastique et je débouchai lentement la bouteille. À cet instant, quelque chose d'inexplicable me rappela que j'étais un homme d'ici, que je commençais le tournage d'un film – mon premier film – latino-américain sur le sol latino-américain, si bien que je vidai la bouteille sur la terre, en offrande à Pachamama, la terre mère des Indiens des Andes.

Peu après, les nuages se déchirèrent et l'intense, l'aveuglant soleil andin brilla. Pachamama était avec nous. Et le train commença son ascension, traversa des ponts vertigineux, des plaines où se dressent des cactus de trois mètres, des ravins, des arroyos qui passaient par-dessus les voies. À l'intérieur des wagons, on finissait de placer les filtres sur les projecteurs et les acteurs se transformaient en prisonniers maltraités, les mains liées et les yeux bandés. C'étaient bien les personnages tels que je les avais vus pendant les longues et solitaires nuits d'écriture. Ils créaient l'atmosphère d'insécurité et de peur dont nous avions parlé au cours

Pendant le tournage de *Nowhere*. Salta. 2001

des répétitions. Ils cessaient d'être mes amis pour devenir une part de ma propre histoire, de l'histoire de tant d'autres. Le règne de l'horreur s'installa dans le wagon-prison.

Beppe Lanci prit une dernière mesure au photomètre et me fit un signe d'acquiescement. Fina, ma script et conseillère des moments difficiles, me donna un petit coup sur le bras.

Le moment était venu. Je regardai Lucas, le technicien vidéo, et lançai : "Vidéo." "Enregistrement", répondit Lucas. Je regardai Aitor, le preneur de son, et lui dis : "Son." "Enregistrement", répondit Aitor. Je regardai Roberta, ma très belle caméraman, et lui dis : "Caméra." Sans décoller l'œil de la caméra, elle leva le pouce et murmura ce *buona* qui allait m'accompagner pendant huit semaines. C'est alors qu'un tourbillon de photogrammes me traversa l'esprit comme à la vitesse de la lumière. Ils venaient me rappeler quelque chose

en quoi je crois, qui s'appelle la responsabilité éthique de l'artiste, et je me jurai de raconter une bonne histoire. Alors je criai "Action !" et la magie du cinéma commença.

Plus tard, la troupe fut rejointe par Harvey Keitel, Ángela Molina, Manuel Bandera, mon fils León Sepúlveda, Caterina Murino, Patricio Contreras, et ainsi prit forme *Nowhere*, le premier film d'un homme qui aime raconter des histoires.

in *Une sale histoire*, 2005

Pendant le tournage de *Nowhere*. Salta. 2001

Avec Carmen Yáñez. Gijón. 2002

Les grillades, c'est l'affaire du vieux

J'ai six enfants, cinq garçons et une fille, tous adultes, ils m'ont fait cinq fois grand-père et, quand je parviens à réunir toute la famille autour de la table, j'aime qu'ils m'appellent *viejo**.

– Je débouche quel vin, *viejo* ? me demande Carlos, l'aîné qui est né au Chili et, avec sa mère rescapée de l'enfer de la Villa Grimaldi, est parti vers la non-patrie de l'exil. Il avait à peine neuf ans, le souvenir d'un père, d'abord en prison et plus tard dans des pays aux noms bizarres, un paquet de lettres et une figurine protectrice du capitaine Han Solo.

Je n'étais pas à ses côtés quand sa mère a été traînée hors de sa maison, sous les coups, une cagoule noire sur la tête, et je ne l'ai pas non plus conduit par la main jusqu'à l'avion d'une compagnie scandinave qui l'a éloigné pour toujours du Chili. Mais il ne m'a jamais fait payer cette faute et, il y a neuf ans, quand il a déposé dans mes bras le petit corps de Daniel, mon premier petit-fils, son "je t'aime, *viejo*" m'a fait comprendre que tout était réglé entre nous.

---

* "Vieux" : terme affectueux pour désigner le père ou s'adresser à lui. (*NdT*)

Je lui réponds :

– Ouvre le meilleur vin, Carlitos.

Pendant que le reste de la famille, enfants, belles-filles et gendre s'occupent de mettre la table ou de préparer les salades et les desserts, moi je souris derrière le barbecue car les grillades c'est l'affaire du vieux. Ils sont venus de loin, certains de Suède, d'autres d'Allemagne, ma fille d'Équateur, et cela me touche. Leurs questions culinaires en suédois et espagnol, en allemand et espagnol, m'amusent et le fumet de la graisse tombant sur les braises a pour moi l'odeur du meilleur cosmopolitisme, de la meilleure manière d'être. Alors je pense à mon vieux qui aurait été si heureux d'être ici.

Soudain je sais qu'il est là, avec moi, car c'est à ses côtés que j'ai appris l'alchimie des grillades dans la cour lointaine et lumineuse d'une maison de Santiago qui n'existe plus que dans ma mémoire. J'aimais le regarder allumer le feu, tandis que dans la cour nous écoutions tous les deux à la radio la retransmission en direct depuis l'hippodrome du Chili. Je me demande souvent si j'ai été un bon père, la réponse est : je ne sais pas. Mon vieux a dû se poser la même question, je suppose, mais moi je sais qu'il l'a été, à sa manière, même si c'était la pire pour beaucoup dans la famille. Je ne me souviens d'aucune manifestation d'autoritarisme de sa part, plutôt le contraire, car il était timide et demandait presque la permission avant d'énoncer ce qu'il avait à dire.

Parfois mon vieux attendait que ma mère, un modèle de patience, mon frère et moi ayons fini notre dessert pour annoncer : “J'ai demandé à un jeune homme, un brave garçon, un peu amoché, d'attendre à la porte et je voulais vous en parler."

Il allait alors jusqu'à la porte et revenait en compagnie d'un type costaud au visage martelé de coups de poing. Il le présentait comme "Le Loup de San Pablo", un de ces nombreux boxeurs malchanceux qui fréquentaient le Mexico Boxing Club de la rue San Pablo. Nous apprenions alors que cet homme représentait tous les espoirs possibles car il avait l'étoffe d'un champion et mon vieux était son tout nouvel agent. Il a eu plusieurs poulains, dans différentes catégories, mais aucun d'eux n'est jamais devenu champion. En cela je ressemble à mon vieux : j'ai, moi aussi, perdu tous les combats.

"Mais il est monté sur le ring et c'est la seule chose qui compte", répondait mon vieux quand ma mère lui rappelait le dernier échec. C'est bien vrai, *viejo*, moi aussi je suis monté sur le ring et c'est la seule chose qui compte.

– Je mets quelques gouttes de citron sur les avocats ? me demande mon fils León qui est né à Hambourg et qui, par affection pour moi, son vieux, est venu en Espagne perfectionner son espagnol à l'université d'Oviedo. Je sais qu'il m'aime et je sais aussi que j'ai manqué à mes devoirs envers lui car je lui ai volé des heures d'enfance, des heures sacrées que nous aurions dû passer ensemble à fabriquer des cerfs-volants ou à encourager le FC Sankt Pauli dans le stade du quartier. Qu'est-ce que je foutais alors en Angola, au Mozambique, au Cap-Vert, au Salvador, comme correspondant alors que mon plus cher désir était d'être

avec lui, avec son frère jumeau Max et avec Sebastián, mes trois fils hambourgeois ?

Mon vieux s'en allait lui aussi quelquefois. Je sais maintenant qu'il souffrait de dépression, que tous ses rêves brisés l'accablaient. Alors il s'isolait du monde dans l'espace réduit occupé par la radio, la tête penchée comme le petit chien de la RCA Victor, pour écouter ses tangos qui l'entraînaient dans l'enfer d'une nostalgie terrible et inutile, ou encore les émissions en espagnol de Radio Nederland qui lui donnaient peut-être l'impression de participer aux voyages qu'il n'avait jamais faits.

"Qu'est-ce que tu as, *viejo* ?" lui ai-je souvent demandé et il me répondait par une caresse en disant : "Rien, mon fils, je suis triste, voilà tout, mais je n'ai rien."

– Ça sent bon, dit ma fille Paulina et elle me serre dans ses bras, pose sa tête sur ma poitrine et je sens son amour s'intensifier alors que les battements de mon cœur m'accusent car j'ai également failli à mes devoirs envers elle et, au lieu d'être là où je voulais, dans le square d'Iñaquito, mon désir de monter sur le ring au Nicaragua a été le plus fort.

Un jour, quand ma fille était devenue adulte, je lui ai raconté qu'au milieu de la fusillade certains embrassaient une image pieuse mais moi j'embrassais une photo en noir et blanc où elle souriait dans mes bras et je me jurais alors que, si j'en sortais vivant, nous récupérerions tout le temps que je lui avais volé.

L'irrémédiable est la pire des certitudes.

Avec Irma, sa mère. Gijón. 1999

Je sais que mes enfants ont souffert de mon absence à la sortie de l'école, quand il pleuvait et que les parents de leurs camarades les attendaient, le parapluie ouvert, la voiture bien chaude, un gâteau à la main. J'ai souffert de celle de mon vieux quand, après l'avoir timidement annoncé, il partait suivre sa vocation de commerçant condamné à l'échec. Pendant des mois nous ne recevions pas de lettres et nous savions alors que l'élevage de vaches en Patagonie avait foiré, que l'enclos des purs-sangs avait brûlé, que ses associés lui avaient volé le restaurant, qu'il avait eu la poisse. Mais, quand il revenait, toujours sans le moindre signe annonciateur mis à part les soupirs de ma mère, il racontait ses échecs comme de bonnes blagues et s'écriait tout en coupant des tranches de salami : "Et dire que ce délicieux canasson était destiné à gagner le Kentucky Derby."

Alors je l'aimais comme un fou, j'oubliais son absence et je découvrais qu'aucun de mes copains du quartier n'avait un père aussi génial que le mien.

– Et si on en goûtait un petit bout ? dit ma fille et je découpe une fine tranche de viande dorée qu'elle porte à sa bouche en soupirant. Camila, ma petite-fille, s'approche également. C'est la terreur des librairies de Quito car elle ne supporte pas que mes livres ne soient pas placés bien en vue et je sais que j'aurai très bientôt près de moi Valentina, née il y a deux semaines.

Ma mère, morte récemment, s'approchait elle aussi de mon vieux quand il déclarait que les grillades étaient bientôt prêtes à être servies. Je le regardais en couper un bout et l'offrir à sa femme, cette femme qui supportait ses absences, les hauts et les bas, plus de bas que de hauts, de sa passion du commerce ou ses échecs de turfiste propriétaire de chevaux auxquels on donnait les clefs pour fermer l'hippodrome. Cette femme était sa force. Je l'ai découvert tardivement et aucun des deux ne l'a su à temps. Ma mère était constance, fermeté, elle tenait les rênes de la maison. Mon père, une poignée de jolis rêves qui rendaient la vie moins triste.

Ai-je été un bon père ou simplement un père sans adjectifs ? Je ne sais pas. Et, tandis que Max s'approche et me dit que l'ordinateur fonctionne vite et bien car Max est le génie de la famille dans ce domaine, après chacune de ses visites tous les appareils électroniques sont en meilleur état que si on venait de les acheter, je pense que j'ai appris pour lui et ses frères ce qu'il y a de plus difficile dans la langue allemande : la capacité de prodiguer de la tendresse et d'établir des complicités d'amour. À chacun de mes retours d'Afrique, avant de rentrer chez nous, à Hambourg, je passais la nuit dans un hôtel de Francfort pour me laver, me débarrasser de toutes ces odeurs qui collent à la peau des correspondants de guerre comme un tatouage du "territoire comanche" : mort, corruption, mensonges, mythes qui s'écroulent.

Après quoi, j'osais ouvrir la porte de notre maison, embrasser ma femme et serrer mes enfants dans mes bras. L'espagnol et le portugais restaient eux aussi à l'hôtel de Francfort et la langue allemande était une source de tendresse réciproque qui nous maintenait à l'abri car, au cours des années 80, des camarades au visage affligé arrivaient régulièrement à la maison et, assis dans la cuisine, lâchaient : "Ils ont tué Roberto, ils l'ont égorgé." Protégés de l'horreur, mes enfants devinaient pourtant ma tristesse et me demandaient de leur raconter une nouvelle aventure du pirate de l'Elbe ou du grand chef Cul Rouge, un cacique sioux qui éliminait ses ennemis à grand renfort de pets.

Avant de retirer la viande du gril, Jorge arrive avec son appareil photo. Depuis l'enfance il veut être photographe et y parvient peu à peu. Je ne suis pas son père biologique mais ses frères lui ont toujours fait sentir qu'il était membre de l'équipe, avec les mêmes droits et les mêmes devoirs.

– Approche-toi, vieux, pour qu'on voie aussi la fumée, m'ordonne-t-il et moi je lui demande s'il se prend pour Daniel Mordzinski ou Cartier-Bresson mais je pose pour lui en arborant ma plus belle tête de pro du barbecue.

Quand mon vieux revenait après ses absences réelles ou autistes, arrivait le moment d'écouter ses naïves histoires d'horreur. Nous prenions place à ses côtés, mon frère et moi, et il se mettait alors à nous les raconter – il les avait peut-être lues quelque part – et elles avaient un unique personnage, le Linceul, une sorte de zombi qui se faisait toujours avoir par les mortels.

Maintenant, c'est Sebastián qui me tient compagnie. Avec sa caméra, il enregistre mes mouvements pour mettre les braises dans le chauffe-plat et, par-dessus, les viandes odorantes et dorées. Il a toujours voulu être caméraman et y est parvenu. Quand il était étudiant à l'école de cinéma de Munich, j'ai accepté comme une nouveauté qu'il me passe les films d'Eisenstein ou de Fritz Lang. Tous mes enfants sont mes préférés mais quelque chose d'intangible nous lie, Sebastián et moi, pour une bonne raison : après sa naissance, j'ai pris l'année de congé parental à laquelle les hommes ont également droit en Allemagne. Sa mère a continué à travailler et il a vécu collé à ma poitrine dans un porte-bébé kangourou qui se mettait comme un sac à dos mais à l'envers. Toutes les quatre heures, nous nous rendions à la clinique où travaillait sa mère pour le faire téter, nous faisions les courses, empruntions ou rendions des livres à la bibliothèque et, ce faisant, je me rappelais l'odeur de tabac de mon vieux quand il me prenait dans ses bras pendant les froids après-midi de ces hivers et de ce Santiago irrémédiablement perdus.

Je ne sais pas si j'ai été un bon père mais je sais que j'ai savouré chaque seconde partagée avec mes enfants. Je sais aussi que j'aurais dû passer beaucoup plus de temps avec eux. Je ne sais pas si j'ai toujours été juste mais eux l'ont été envers moi.

Mon fils Carlos est musicien. Pendant la tournée mondiale de son groupe Psycore, au moment où les adolescentes criaient et pleuraient parce que Carlos "Kalle" Sepúlveda, le seul du groupe à ne pas être né en Suède, jouait les derniers accords de son solo de guitare, il s'arrêtait soudain, levait son instrument et s'écriait : "Cette guitare, c'est mon vieux qui me l'a donnée !" Puis il reprenait, remplissant la scène de ses notes prolongées et de son air féroce de leader du groupe de rock le plus heavy de Scandinavie.

En regardant sur MTV ce concert de son groupe, je suis revenu un après-midi à Hambourg et je me suis vu entrer chez Steinway & Sons, le meilleur magasin de

Page suivante : Avec ses enfants Sebastián, Jorge, Paulina, León, Max et Carlos Lenin. 2019

musique, et en sortir avec la Fender Stratocaster dont il se sert encore même si plus de vingt ans se sont écoulés depuis. Et je suis remonté beaucoup plus loin car j'ai vu mon vieux sortir d'une librairie de Santiago avec un stylo Centenario qu'il m'a donné avec un simple "je sais que tu aimes écrire".

L'amour des enfants se manifeste de différentes manières, il prend parfois la forme de la photocopie d'un diplôme, comme celui de Paulina, récemment obtenu à l'École de journalisme, ou d'une combinaison orange (modèle Guantánamo, a dit Max) qui ressortait au milieu des combinaisons blanches dans une foire automobile de Barcelone. Sur toutes les blanches on lisait le mot Siemens mais, sur la combinaison orange, était écrit "Max Sepúlveda Team Cheff", ou encore de ses petits paquets fragiles que je reçois en ravalant mes larmes : c'est ton petit-fils Daniel, c'est ton petit-fils Gabriel, c'est ta petite-fille Camila, c'est ta petite-fille Valentina, c'est ta petite-fille Aurora.

Nous voilà enfin tous assis autour de la table appétissante ; Carlos sert du vin, Sebastián le goûte et s'écrie qu'il est excellent, Paulina propose des salades, Jorge coupe le pain, Max et León distribuent la viande en essayant d'être équitables, les petits-enfants exigent des côtelettes, les belles-filles et le gendre les aident à les découper et Pelusa, ma femme, ma compagne qui me connaît mieux que moi-même, me prend la main et dit : ce sont tes enfants, Lucho. Ce sont tes enfants.

De mon vieux, j'ai une photo où on le voit à côté de ma mère et d'un paquet de cigarettes Monarch, comme celui qu'il avait dans sa poche au moment de sa mort. Et le souvenir ? Oui, aussi, mais il ne m'appartient pas totalement car il se dilue peu à peu et apparaît par intermittence, de façon aléatoire. Il m'arrive alors de douter et de me demander si le vieux était vraiment comme ça ou si ce sont les mécanismes salvateurs de la mémoire qui gardent toujours le meilleur.

Comment mes enfants me voient-ils réellement ? León m'a demandé un jour comment était son grand-père et la seule chose que j'ai pu lui répondre a été : un vieux sympa. Que répondront-ils quand leurs enfants leur poseront la même question à mon sujet ?

Carlos, la bouche pleine de jus, s'écrie que les grillades sont meilleures que jamais.

– Tu les as bien réussies, *viejo*, renchérit quelqu'un et Sebastián fait tinter son verre avec une fourchette pour proposer de porter un toast.

– Au vieux !

Et tous lèvent leur verre.

Alors je demande à la vie de permettre encore longtemps que les grillades soient mon affaire, que ce soit l'affaire du vieux d'inviter les enfants et petits-enfants à la table familiale.

Je ne sais pas si je suis, si j'ai été un bon père. Mais je suis sûr de ma tendresse pour mes enfants, j'ai toujours essayé d'être un ami sur lequel ils peuvent compter, un compagnon dans tout ce qui peut arriver. Et avec ça je suis en paix.

in *Ingrédients pour une vie de passions formidables*, 2014

Le Shérif

Nous étions près d'El Bolsón, une ville pittoresque à la frontière entre les provinces du Río Negro et du Chubut. Le vent courbait les gigantesques peupliers entourant le cimetière et l'immense coupole formée par leur feuillage protégeait la paix de ceux qui reposaient là, des gens arrivés un jour dans le sud du monde, pleins de rêves, d'ambition, d'espoirs, de projets, d'amours, de haines, ces matériaux élémentaires qui façonnent notre bref passage sur terre. Ils étaient arrivés de partout avec leurs coutumes et leurs langues et avaient fini là, dans un cimetière oublié balayé par le vent, unis dans la paix souterraine et le langage universel de la mort.

Cigarette au bec, un homme disposait des fleurs sèches sur une sépulture.

– On nous a dit que Martín Sheffields était enterré ici.

– Le Shérif. Cette sale bête est quelque part par là, a-t-il répondu.

Avec son visage tanné par le vent et le soleil, l'homme pouvait avoir n'importe quel âge.

J'ai insisté :

– Vous savez où se trouve sa tombe ?

– Oui, mais il faut s'en approcher avec précaution car ce salaud a été enterré avec ses deux colts dans les

Patagonie. 1998

mains et, s'il est de mauvaise humeur, il vous reçoit à coups de revolver, a-t-il répondu en se mettant en marche.

Nous l'avons suivi en passant au milieu des tombes des Polonais, Italiens, Galiciens, Juifs, Russes, Gallois et aussi autochtones.

Martín Sheffields arriva en Patagonie au début du XXe siècle. Il baragouinait un espagnol plein de tournures mexicano-texanes et l'inventaire de son patrimoine était mince : deux superbes colts collés à ses cuisses, une bonne selle texane sur son cheval blanc et une étoile de shérif accrochée au revers de sa veste.

C'était une sorte de personnage de Marcial Lafuente Estefanía à mille lieues du sauvage Far West nord-américain.

Patagonie. 1998

– Il est enterré là, et bien profond, j'espère, a dit l'homme en nous indiquant une sépulture sans inscription.

Sur la tombe recouverte d'une couche de terre ocre, sèche, tellement tassée qu'on aurait dit de la pierre, il y avait une marguerite en plastique aux pétales calcinés. Pas grand-chose pour fleurir la sépulture de l'un des grands mythes de la Patagonie.

Il est probablement mort en 1939 mais personne ne le sait avec exactitude malgré les nombreuses biographies écrites d'après la rumeur publique par certains écrivains qui s'approprient l'histoire d'une région dont les mythes, les légendes et la vérité changent au gré du vent, car, en Patagonie, l'histoire est un genre narratif qui ne prend pas la peine de respecter la rigueur chronologique ou l'objectivité. Dans les *pulperías*, quand quelqu'un s'apprête à raconter un fait bien connu, il reçoit en général l'avertissement suivant : raconte-le en poète, pas comme un professeur.

L'histoire n'est qu'un prétexte pour enjoliver la réalité et prolonger les soirées au coin du feu en sirotant son maté.

Pour certains il a été tué, pour d'autres il est mort d'un infarctus sur son cheval blanc en cherchant de l'or dans les centaines de rivières qui prennent leur source dans les lacs andins. Quoi qu'il en soit, quand des muletiers l'ont trouvé, il était mort depuis plusieurs semaines.

Les condors et les faucons se sont offert un sacré festin avec cet homme d'un mètre quatre-vingt-cinq et de plus de cent kilos. Ils ont arraché ses épais vêtements d'hiver pour atteindre les viscères, nettoyer parfaitement son squelette mais n'ont pas réussi à lui arracher des mains ses deux revolvers. C'est comme ça qu'on l'a identifié.

Ces muletiers, des braves types comme tous les solitaires, enterrèrent ses restes sous un tas de pierres, près du ruisseau Las Minas, jusqu'à ce que, en 1959, l'un des douze enfants nés de son union avec María Ancapichún, une Mapuche dont on parle encore avec une terreur respectueuse, décide de faire transférer ses ossements au cimetière d'El Bolsón.

María Ancapichún était, dit-on, aussi grande et forte que lui. Sinon comment expliquer la passivité de ceux qui, en la voyant apparaître dans les *pulperías*, abandonnaient la table de jeu et préféraient voir les cartes voler en l'air plutôt que de recevoir une des mandales qu'elle balançait à son homme au point de le laisser groggy. À distance prudente, ils la voyaient le hisser sur son cheval en grognant : "Que personne ne touche à ses cartes, le temps de me faire un enfant de plus et il revient."

On raconte que le squelette ne résista pas au voyage en *chata* – une grosse camionnette – sur les chemins accidentés de la Patagonie ; il tomba en morceaux mais les colts restèrent accrochés aux os des mains.

Une marguerite en plastique sur sa tombe et une étoile de shérif dans une des vitrines du musée de San Carlos de Bariloche, voilà tout ce qui reste de Martín Sheffields. Tout ? Non. Il a également laissé une histoire qui amuse, divise et passionne, comme tous les aventuriers et les canailles.

Pour certains il est né à Baltimore, pour d'autres il est venu au monde à Tom Green, au Texas. Dans les archives de l'agence de détectives Pinkerton, des documents assurent qu'il a passé sa jeunesse dans l'Utah. C'était un cow-boy de plus, plutôt adroit au tir, et il avait assisté en première ligne à l'extermination de la "Horde sauvage", une mini-armée de pilleurs de banques et de trains dont faisaient partie, entre autres célébrités, "Black Jack" Ketchum, Harry Tracy, "PO8" Logan, un barde qui écrivait des poèmes épiques sur ses propres forfaits, "Flat-Nose" Curry et Butch Cassidy.

Fin 1898, les hommes de la Pinkerton avaient réussi à imposer la loi du plus fort – les éleveurs et les propriétaires du chemin de fer – dans les territoires de l'Ouest nord-américain, après avoir capturé ou éliminé la plupart des bandits. Mais il leur en manquait un : Butch Cassidy.

En 1901, la Pinkerton reçut une nouvelle inquiétante : Butch Cassidy avait quitté le territoire de l'Union à bord du vapeur *Soldier Prince* qui naviguait vers Buenos Aires. Et il ne voyageait pas tout seul. Il était accompagné d'une institutrice, Etta Place, et d'un homme sans casier judiciaire qui se faisait appeler Sundance Kid. La Pinkerton décida aussitôt de les faire suivre à la trace par un inspecteur et engagea Frank Dimaio, un Italien. À son arrivée à Buenos Aires, il apprit que le trio avait acheté six mille hectares de terre près de Cholila, en Patagonie, et alors qu'il s'apprêtait à partir pour le sud du monde, il découvrit les attraits de la capitale argentine, fit connaissance d'une belle fille d'origine italienne, écouta l'appel de la vie sédentaire, envoya au diable la Pinkerton et ouvrit un magasin de chaussures.

Jusqu'en 1976, à San Telmo, tout près de la place où se tient chaque dimanche la plus belle brocante du monde, on trouvait encore les "Chaussures Dimaio". Dans la boutique, à la place d'honneur, était accrochée la plaque de détective de l'homme qui l'avait fondée. En Amérique latine, le destin contrecarre toujours la volonté des gringos.

En 1901, Martín Sheffields se rapprocha de la Pinkerton. Pour certains, il fut embauché par le siège de l'agence, à Houston, au Texas. Pour d'autres, ce fut à San Francisco où il accomplissait une courte peine pour vagabondage répété. Quoi qu'il en soit, la récompense de cinquante mille dollars offerte pour la tête de Butch Cassidy lui sembla l'occasion rêvée de connaître l'Argentine.

Il arriva à Buenos Aires le 6 février 1902. À l'hôtel où avaient logé les milliers d'immigrants arrivés entre 1830 et 1860, il se présenta sous le nom de Martín Sheffields, shérif des États-Unis, et montra peut-être l'étoile d'argent subtilisée quelques années plus tôt dans le Montana à un véritable shérif abruti par l'alcool. Dans son espagnol "tex-mex" très particulier il demanda sûrement comment diable on se rendait en Patagonie.

Près de Cholila, la cabane construite avec des troncs d'arbres par Etta Place, Butch Cassidy et Sundance Kid est toujours debout et sa solidité lui permettra de le rester encore pendant de nombreuses années. Quand mon *socio* et moi nous y sommes rendus, elle était

Dans la cabane de Butch Cassidy. Cholila. Patagonie. 1998
Page suivante : Punta Arenas. Patagonie. 1998

habitée par une famille portant le nom de Sepúlveda. Un après-midi au ciel tourmenté, nous avons bavardé et partagé du maté avec le maître de maison, don Aladino Sepúlveda, un petit vieux au regard enfantin, malin comme un renard.

– Bien sûr qu'il les a trouvés. Il est venu ici et leur a parlé. Je n'étais pas encore né, je viens d'avoir quatre-vingt-quatre ans, mais mon père me l'a raconté. C'était probablement en 1902. Sheffields est arrivé sur un cheval blanc, il n'en a jamais eu d'une autre couleur, et a crié depuis la barrière : "Butch, Sun !", les autres lui ont répondu en espagnol qu'ils s'appelaient Pedro et don José. Alors Sheffields a éclaté de rire, il a failli tomber de cheval, ensuite ils ont parlé entre eux en américain.

On ne saura jamais ce qu'ils se sont dit mais ils ont sûrement trouvé un accord car, sur tous les télégrammes expédiés par Sheffields à l'agence Pinkerton

entre 1902 et 1905, on trouve toujours le même argument : "L'Argentine est un très grand pays et je suis sur leur piste."

En 1905, un Nord-Américain voyageant sous le nom d'Andrew Duffy arriva jusqu'à la cabane de Cholila. En réalité, il s'appelait Harvey Logan, l'un des fondateurs de la Horde sauvage. Deux ans plus tôt, il avait quitté la prison de Knoxville, au Tennessee, à sa manière, c'est-à-dire à coups de revolver et, dans sa fuite, avait envoyé quatre gardiens manger les pissenlits par la racine. Cette même année, Butch Cassidy, Etta Place, Sundance Kid et le nouvel arrivant attaquèrent la Banque du Sud à Santa Cruz.

Pendant ce temps, Sheffields prenait des notes qu'il n'envoya jamais à la Pinkerton. Jo Giglian, un Néo-Zélandais collectionneur passionné de tout ce qui touche à Butch Cassidy, m'a montré dans sa maison de l'archipel de Las Guaitecas un carnet à couverture de cuir marron dont on attribue la propriété à Martín Sheffields. Dans une note datée d'octobre 1907 on peut lire : "J'aurais pu les tuer quand ils sont sortis avec l'argent des Gallois. J'aurais pu mais je ne l'ai pas fait." En 1907, les jeunes gens et l'institutrice s'en prirent à la Banque de la Nation à Villa Mercedes mais l'affaire prit une mauvaise tournure quand Harvey Logan tua le directeur. Dans le carnet de Sheffields on trouve : "Au début, je n'ai pas reconnu la femme parce qu'elle était habillée en homme. Ce mort va nous attirer des histoires."

On ne connaîtra jamais les termes de l'accord passé entre Butch Cassidy, Sundance Kid, Etta Place et Martín Sheffields dans la cabane de Cholila, mais une partie du butin provenant des attaques de banques a probablement servi à acheter le silence du shérif car en 1907 il fit l'acquisition de cinq mille hectares près d'El Maitén, dans le Chubut. La négociation a certainement été dure et intéressante. Si Harvey Logan y a aussi participé, ils étaient quatre contre un, quatre arguments de différents calibres contre les deux colts 45 du chasseur de primes.

Don Aladino Sepúlveda nous a assuré que, d'après son père, la rencontre de Sheffields avec les bandits avait duré plusieurs jours et plusieurs nuits. Ils s'étaient soûlés, avaient crié, ri, proféré des malédictions dans une langue inconnue du *criollo* et puis, finalement, le shérif était reparti sur son cheval blanc.

– Vous voulez savoir ce que je crois ? nous a demandé don Aladino.

– Mais bien sûr ! lui ai-je répondu en arrachant quelques éclats de bois aux troncs de la cabane. Je les ai encore.

– Sheffields leur a dit qu'il ne voulait pas de morts. Les morts, ça complique les choses. Même l'homme le plus inoffensif du monde, dès qu'il meurt, peut compliquer la vie à plus d'un.

On le sait, il y a deux sortes de gens qui font des affaires avec les banques : les voleurs en costume-cravate et les malfaiteurs masqués. Après les événements de Villa Mercedes, Butch Cassidy, Etta Place et Sundance Kid abandonnèrent temporairement leurs activités bancaires. Harvey Logan disparut sans laisser de traces, Etta Place retourna clandestinement aux États-Unis où elle mourut d'un cancer. Butch et

Sundance vendirent la propriété de Cholila et partirent vers le sud, aux confins du monde. Ils traversèrent le détroit de Magellan et s'installèrent en Terre de Feu où ils entrèrent dans la légende comme deux vieux romantiques qui attaquaient des banques et des convoyeurs de fonds pour financer des révolutions anarchistes.

Une tombe sans nom et une marguerite en plastique. Il ne reste pas grand-chose du passage du shérif en Patagonie.

J'ai demandé à l'homme à la cigarette au bec :

– Il existe encore quelqu'un qui l'ait connu ?

– Oui. La dernière fille de ce bandit est toujours en vie, m'a-t-il répondu sur un ton où se mêlaient le mépris et l'admiration.

Le lendemain nous sommes allés faire connaissance avec la fille de Martín Sheffields. Nous avons fait le voyage dans notre voiture sponsorisée qui commençait déjà à se plaindre de la dureté des chemins et, en parlant avec les villageois au cours de nos haltes pour manger, faire le plein d'essence ou regarder une carte qui nous semblait de plus en plus grande, nous avons peu à peu découvert la relation entre le chemin de fer patagon et le shérif.

En 1933, quand on a commencé à poser les voies du chemin de fer reliant Ñorquincó à El Maitén, ce sont les moutons de Sheffields qui ont nourri les équipes d'ouvriers. Il aimait les amuser en leur montrant sa stupéfiante habileté au tir. Il était capable de couper une cigarette au ras des lèvres d'un jeune homme distrait ou même de roussir les moustaches d'un autre, avec une balle de .45 : c'est plutôt remarquable. Quand la pose des voies fut enfin terminée, Martín Sheffields offrit six bouvillons et trente agneaux pour le grand *asado* destiné à fêter l'événement. À El Maitén, Esquel, Leleque et Cholila, beaucoup de vieux se rappellent encore la générosité du gringo, et ce mépris de l'argent ajouté aux nombreux enfants qu'il avait semés à travers tout le territoire austral finit par le ruiner. Voilà pourquoi il cherchait de l'or au moment de sa mort ou de son assassinat.

Dans une *pulpería*, j'ai demandé à un vétéran qui m'a aussitôt offert sa calebasse de maté :

– Vous savez qui était Martín Sheffields ?

– Bien sûr ! Il était connu comme le loup blanc, m'a-t-il répondu en acceptant une cigarette.

– Parlez-moi de lui, l'ami.

– C'était un solitaire. Il a eu beaucoup d'amis, beaucoup d'enfants, mais il était seul. Personne n'a jamais su d'où il sortait assez d'argent pour acheter toutes les terres qu'il a ensuite perdues. Il était venu pour capturer des bandits gringos, paraît-il, mais il ne l'a pas fait. C'était un tireur extraordinaire et, quand il était soûl, il aimait faire des blagues assez lourdes. Il pariait, par exemple, qu'il pouvait tirer sur les talons d'une dame, empoignait son revolver et le faisait. Si le fiancé ou le mari se plaignait, il lui offrait deux moutons et l'affaire était réglée. Il était arrivé à posséder plus de cent mille moutons quand la laine valait son pesant d'or et pourtant il s'habillait comme un clochard. On le voyait ici ou là, toujours seul. Il galopait sur son cheval blanc de Cholila à Esquel, de Ñorquincó à Portezuelo, toujours seul. Quelquefois il s'arrêtait dans les *pulperías*, jouait, perdait des sommes énormes, chantait avec une fille assise sur ses genoux, et puis allait soudain se mettre dans un coin pour continuer à boire tout seul. Au fond, c'était un homme abandonné non pas par ses amis, ses femmes ou ses enfants, mais par lui-même. Un type solitaire, bizarre, mais toujours de bonne humeur. Vous connaissez l'histoire du plésiosaure ?

La grosse blague de Sheffields. Un jour, en 1922, il écrivit une lettre au directeur du zoo de Buenos Aires pour lui parler de la présence d'un animal vivant dans les profondeurs de la Laguna Negra. La description était si exacte, si précise que pas un naturaliste, pas un savant n'eut le moindre doute ; il s'agissait d'un plésiosaure. Des douzaines de sociétés scientifiques du monde entier se disputèrent le droit de le capturer. Warren Harding, président républicain des États-Unis, menaça d'exercer des représailles si on ne remettait pas l'avenir du plésiosaure entre les mains de

la Smithsonian Institution ; la couronne britannique considéra qu'il était inconcevable de ne pas permettre aux spécialistes de son musée d'examiner la bête, il a même été chanté après qu'un compositeur a popularisé le tango du plésiosaure.

Finalement tous ceux qui brûlaient de s'approprier l'animal antédiluvien arrivèrent à Buenos Aires et, malgré les traquenards, se dirigèrent en masse vers la Patagonie. Ils découvrirent alors que le plésiosaure de la Laguna Negra était un tronc d'arbre recouvert de cuir de vache. Les autochtones se tordirent de rire, et se tordent encore de la blague de Sheffields, mais ni les scientifiques de l'époque ni le gouvernement argentin ne firent preuve du même sens de l'humour.

Tout près d'El Maitén, nous avons quitté la route de graviers pour prendre, à l'ouest, le chemin de terre poussiéreux conduisant à la maison de Juana Sheffields, dernière fille de l'aventurier farceur. Pour nous donner le courage d'affronter le nuage de poussière qui nous desséchait la gorge et nous inquiétait pour les appareils photo, nous chantions à pleins poumons “l'Uruguay n'est pas un fleuve, c'est un ciel bleu qui passe” au milieu des piaillements désapprobateurs des vanneaux jusqu'au moment où, au bout de deux heures, nous avons vu apparaître la cabane construite par le shérif pour sa fille.

Elle se dressait dans un endroit d'une beauté saisissante, au milieu des rouvres, des tecks, des peupliers, des chênes verts, l'air sentait le bois vierge de la Patagonie andine, la bouse d'animaux en pleine santé, les herbes qui vous mettent le cœur en fête.

Avec Delia Rivera de Cossio. El Bolsón. 1996

Doña Juana Sheffields avait quatre-vingt-six ans et un air altier. Il y avait beaucoup de fierté chez cette dame qui marchait avec une canne. Son visage couvert de territoires qui avaient peut-être abrité toutes les amours et toutes les haines était résolument patagon car on pouvait y lire le métissage entre une mère mapuche et un père gringo, porteur à son tour du mélange d'on ne sait combien de sangs.

Elle m'a offert un siège en face d'elle et de la calebasse de maté. Avec des gestes coquets, elle a lissé son tablier et vérifié la symétrie de ses cheveux blancs énergiquement ramassés en chignon. Pendant que mon *socio* la prenait en photo, elle a demandé ce qui nous amenait.

– Votre père. Parlez-nous de votre père.

– Martín Sheffields. Le shérif Martín Sheffields. Il a construit cette maison et aussi beaucoup d'autres. C'était un homme. Voilà pourquoi il était aimé et détesté, parce que c'était un homme. Ça n'a jamais été facile d'être un homme.

– Un homme porté sur les mauvaises blagues !

– Des bêtises. Il avait un caractère gai mais n'a jamais fait de mal à personne. Quelquefois, c'est vrai, quand il avait bu, il aimait faire des paris. Un jour, il a mal visé et a arraché le nez d'un gaucho, mais il n'a jamais fait de mal à personne.

– On parle du nez, mais aussi du reste de la tête.

– Que diable, c'était comme ça à l'époque ! La vie en Patagonie n'était pas facile et ne l'a jamais été. Et puis on vit et on meurt partout. Lui est mort tout seul. C'est comme ça que doivent mourir les hommes.

– Nous sommes allés sur sa tombe. Elle est abandonnée.

– C'est une erreur d'avoir fait transporter ses restes au cimetière. On aurait dû les laisser près du ruisseau Las Minas, là où on l'a trouvé, mais les enfants sont faibles. Il n'y a plus d'homme comme mon père et la meilleure façon de les respecter, c'est de ne pas aller sur leur tombe.

Avant notre départ, doña Juana Sheffields nous a donné du pain tout juste sorti du four et des œufs durs pour le voyage. Ses gestes pleins de douceur pour envelopper ces victuailles dans un linge contredisaient la dureté de ses paroles et de son visage.

Nous avons pris le chemin du retour sous un ciel tourmenté annonciateur d'orage mais ça nous était égal : nous savions que la route réserve toujours des surprises. Au bout d'une demi-heure de marche nous avons vu tomber l'averse sur une large vallée, un peu plus loin nous sommes passés sous un arc-en-ciel imposant et, en arrivant sur la route de Cholila, nous nous sommes arrêtés pour contempler un groupe de cavaliers galopant dans le lointain.

L'un d'eux montait un cheval blanc et nous nous sommes demandé si la plaine où ils galopaient se trouvait bien de ce côté de la vie, et non de l'autre, et si l'homme qui montait le cheval blanc ne portait pas, par hasard, une étoile de shérif au revers de sa veste.

in *Dernières nouvelles du Sud*, 2012

Pendant le survol du détroit de Magellan. 1999
Page précédente : Terre de feu. 1999

Plate-forme Larsen B.

Mon ami Víctor prend les commandes de son petit Pipper, contrôle les instruments sans dire un mot, attend le feu vert de l'aiguilleur du ciel et, aussitôt après, nous nous élevons au-dessus des eaux couleur d'acier du détroit de Magellan. Le vent éternel soufflant du Pacifique agite l'appareil comme une feuille, lui fait faire des embardées, jusqu'au moment où les mains habiles du pilote réussissent à prendre le vent par l'arrière pour un vol plus calme. C'est le moment tant attendu où mon ami tire sur le piston qui règle l'arrivée du combustible et s'exclame, avec un geste de la main droite qui voudrait embrasser tout l'horizon :

– Regarde comme c'est beau ! Ne m'amène pas de touristes, s'il te plaît !

Nous volons en direction de l'Atlantique, en bas, le détroit de Magellan s'ouvre en criques et se ferme en étranglements. Sous le soleil qui se faufile entre les nuages, l'eau brille pour mettre en évidence les villages de pêcheurs, les colonies de pingouins où des milliers d'oiseaux vêtus comme des ambassadeurs contemplent l'horizon, les hameaux abandonnés à l'histoire tragique comme Puerto del Hambre (le Port de la Faim), les troupeaux de loups de mer qui s'ébattent sur les rochers, les centaines de débris d'embarcations victimes des orages ou encore les compagnies de dauphins nageant à toute vitesse et dans l'ordre le plus parfait qu'on puisse imaginer. Bien sûr, c'est beau de voler sur la ligne d'eau qui délimite les confins du continent américain et de la Terre de Feu. Une sensation contradictoire de paix et de violence étreint le voyageur, un désir d'éternité s'empare de son esprit. L'envie de s'exclamer "J'espère que tout cela ne changera jamais" s'étrangle dans la gorge, parce que cette beauté a toujours été en danger, et aujourd'hui plus que jamais.

Après l'annonce des futures exploitations pétrolières dans les eaux antarctiques et sur le continent blanc de l'Antarctique lui-même, les habitants de la Patagonie et de la Terre de Feu craignent à juste titre pour l'avenir de ces paysages où la nature témoigne de l'âge de notre planète. Au cours de l'année 2006, les travaux pour extraire le pétrole au Bout du Monde ont commencé soit sur des plates-formes marines, soit en forant le sol de glace, et aucune compagnie pétrolière, aucune, n'a fait d'étude indépendante sur l'impact environnemental.

– Ne m'amène pas de touristes, répète Víctor tandis que nous tournons en l'air en attendant l'autorisation de survoler l'espace aérien argentin pour filer vers Ushuaia.

Mon ami ne manque pas de raisons de se plaindre et pourtant il n'est pas ennemi du tourisme. Il y a deux ans, alors qu'il servait de pilote à des photographes allemands désireux de voler au-dessus du glacier Perito Moreno, au mois de juillet, c'est-à-dire en plein hiver austral, il a remarqué de vastes étendues d'eau, de glace fondue, à la cime du glacier. Elles s'infiltraient par ses flancs, provoquant la chute de blocs de glace plus importants qu'à l'ordinaire.

L'éboulement des blocs de glace, leur chute dans un rugissement aussi vieux que la planète, c'était un élément de la vie naturelle dans ce qu'on devrait appeler le Grand Parc naturel de la Patagonie, de la Terre de Feu et de l'Antarctique, un territoire qui devrait sans aucun doute faire partie du patrimoine de toute l'humanité, tout comme les grandes forêts tropicales qui sont aujourd'hui à la merci de la voracité du marché.

– Maintenant, me dit Víctor, des milliers de touristes viennent voir tomber des blocs de glace de plus en plus nombreux et comment les glaciers disparaissent, c'est-à-dire constater joyeusement la mort de ces paysages. On paie aujourd'hui, mon ami, pour être témoin de la mort du monde.

Depuis Ushuaia, on nous annonce que nous devons attendre avant de pénétrer dans l'espace aérien de l'Argentine, alors nous décidons de prendre le chemin du retour en survolant la Terre de Feu en direction de Porvenir, une petite ville presque en face de Punta Arenas, éternellement balayée par le vent, et qui entre autres avantages possède celui d'avoir eu la première salle de cinéma du continent sud-américain. Le bâtiment existe encore et on peut visiter un musée du cinéma, petit mais très intéressant.

Pendant le vol, je demande à Víctor de me répéter ce qu'il a éprouvé "le jour de la peur".

– C'était plus que de la peur. Il n'y a pas de mots pour en parler. Tout ce que je peux te dire c'est que soudain le monde entier a craqué comme s'il se brisait en deux.

C'était pendant l'été 2002, au mois de décembre. Víctor avait accepté de piloter un Antonov qui transportait un groupe d'aéronautes entre Punta Arenas et le territoire antarctique. Ils voulaient survoler en montgolfière la mer de Weddell jusqu'au pôle Sud.

L'équipe logistique avait effectué le voyage quelques jours plus tôt pour préparer une piste d'atterrissage sur la glace. Étant donné l'habileté de mon ami, capable de faire atterrir n'importe quel avion sur une surface minuscule, poser là un Antonov ne semblait pas compliqué. Tout s'était bien passé, en effet, mais à peine avaient-ils atterri, alors qu'ils commençaient tout juste à décharger la cargaison, qu'ils avaient été saisis d'épouvante en entendant un rugissement remplir l'atmosphère, le cri d'agonie d'un animal de cauchemar, gigantesque, épuisé, qui s'écroulait dans la mer de Weddell.

Ce jour-là, à quelque quatre-vingt-dix kilomètres au nord-ouest de la piste d'atterrissage improvisée, la plate-forme de glace Larsen B. s'était détachée de la péninsule antarctique, se transformant en un iceberg de 12 500 km^2.

Au cours des cinquante dernières années, la température de l'Antarctique, de la Terre de Feu et du sud de la Patagonie a augmenté de 2,5 degrés et cette augmentation est parfaitement visible sur tous les glaciers. C'est la fin des glaciers.

Depuis le jour où la Larsen B. s'est détachée, l'Antarctique, la Patagonie et la Terre de Feu sont à la merci de changements aux conséquences imprévisibles. Il ne s'agit plus seulement des effets indiscutables du changement climatique mais également de la réalisation de projets énergétiques peu soucieux de la protection de l'environnement.

Une entreprise espagnole envisage de construire des barrages en Patagonie, c'est-à-dire de dévier, de retenir et de modifier le cours des fleuves nés de la fonte de plus en plus importante des glaciers. Un tourisme peu soucieux de la fragilité de la région est également responsable de la dégradation de l'environnement, car multiplier par cent en moins de dix ans la navigation sur les eaux qui bordent le glacier San Rafael pour permettre à quelques nantis d'aller en Zodiac boire un whisky avec un morceau de glacier dans leur verre ne constitue pas une manière responsable de promouvoir les beautés de la région.

La Patagonie, la Terre de Feu, les confins du Bout du Monde sont en danger. Une vision irrationnelle du progrès et le développement intensif, auxquels s'ajoute un tourisme irrespectueux, font de ces territoires extrêmes des lieux condamnés.

Tandis que nous volons au-dessus de la bahía Inútil, Víctor me dit :

– Dans un avenir proche, en arrivant aux abords du Perito Moreno, les touristes pourront lire : ici il y avait un glacier.

in *Histoires d'ici et d'ailleurs*, 2011

Laïka

Les chiens sont de nobles amis qui soudain s'en vont. Ils entrent dans nos vies avec leur joie à quatre pattes et deviennent des compagnons avec lesquels nous tissons des liens dans la solitude d'une rue, le jardin ou les promenades sur la plage. Sans dire un mot, nous parlons avec eux et ils nous parlent dans la langue pure d'un regard ; une caresse, un geste leur suffisent pour être nos plus fidèles confidents. Leur tristesse est réelle quand ils nous voient partir et leur joie sincère quand nous revenons.

Alors que j'écris ces lignes aujourd'hui, Laïka, notre chienne, notre beau berger allemand, nous a quittés pour toujours, pour cet "à jamais" par lequel nous disons adieu à sa tendre compagnie, à cette présence qui a rempli une part de nos vies et de celles de nos enfants, petits-enfants et amis.

Laïka a vécu presque quatorze ans et, aujourd'hui, quand une maladie en phase terminale nous a obligés à lui donner la plus grande preuve d'amour, lui éviter une mort atroce en décidant, par amour, l'instant final de sa vie, elle était avec nous, comme d'habitude, le regard attentif, les oreilles dressées et son air protecteur de gardienne de cette maison pleine de livres, d'objets, de présences chéries.

Gijón. 1997

Page suivante : Avec ses chiens Zarko et Laïka. Gijón. 2018

Laïka aimait ce jardin chaotique, la mer toute proche, les oiseaux, les hérissons, les écureuils qui trouvent ici un espace protégé des agressions et, avec Zarco, ils ont pratiqué l'art de vivre et de laisser vivre qui a fait d'eux des animaux exemplaires.

Nous sommes arrivés dans cette maison de Gijón avec la certitude que c'était la fin de l'exil, le foyer définitif pour les enfants, petits-enfants et amis que la vie nous a donnés avec une immense générosité. Il nous faut un chien, avons-nous pensé à haute voix, Javier Báuluz a répondu en nous offrant un merveilleux petit berger allemand et Zarco est devenu l'un des nôtres. Il nous faut un chat, avons-nous pensé à haute voix et, à la Société protectrice des animaux, nous avons recueilli Manchas ("Taches") et Tigre, deux chats polissons qui se sont intégrés à la joie de la maison. Zarco a besoin d'une compagne, avons-nous dit à haute voix et, dans un élevage de bergers allemands, en Bavière, nous avons trouvé une petite chienne au doux regard qui répondait au nom de Laïka.

Nous n'avons jamais considéré nos bêtes comme des animaux de compagnie, ils faisaient et font partie de nous et nous avons répondu à leur présence avec l'amour responsable des êtres humains dignes de ce nom. Mais la vie de nos petits compagnons est courte. Manchas, le chat qui avait décidé d'habiter dans mon bureau, est parti le premier et maintenant c'est au tour de Laïka, la gardienne qui, à chacun de mes départs pour des voyages à travers le monde, m'a accompagné jusqu'à la porte en me disant sans parler : "Pars tranquille, je veille sur la maison."

Il y a quelques heures, en lui disant adieu pour toujours, son regard attentif et ses oreilles dressées m'ont dit qu'elle comprenait et je l'ai remerciée pour presque quatorze ans de noblesse, de fidélité à toute épreuve, de tendresse sincère exprimée par ses bonds et ses courses folles.

C'est un devoir pour les êtres humains d'éviter la souffrance à ceux que nous aimons. Je sais que nous l'avons fait en préservant la dignité et la beauté de Laïka, nous avons répondu à sa noblesse en endossant la douleur que nous lui avons évitée. Et je sais que les retours à la maison ne seront plus pareils sans Laïka sur le seuil, sans son accueil affectueux et le cadeau de ses aboiements joyeux.

Un peu de nous s'en va avec Laïka, mais il s'en va confiant, à l'abri, protégé par son regard attentif et ses oreilles dressées. Adieu, Laïka. Adieu, protectrice des nôtres.

in *Ingrédients pour une vie*
de passions formidables, 2014

LE MANUSCRIT DU MIROIR

J'ai vécu dans un ghetto même si les habitants de la ville n'ont jamais appelé ainsi cette partie de la ville. Il s'agit de quelques rues qui descendent vers la décharge du port, des maisons anciennes, survivantes de quelque chose de peut-être pire qu'une guerre, même si on ne pourra jamais le savoir, avec des murs écaillés et sur les portes d'entrée des boîtes aux lettres qui ont depuis bien longtemps cessé de recevoir des lettres, des factures ou des prospectus publicitaires.

Dans le ghetto habitaient ceux qui n'auraient pas dû être là, qui n'auraient jamais dû arriver là, et n'être jamais nés dans ces endroits lointains que nous avons perdus pour toujours. En réalité, estiment certains, nous n'aurions dû naître nulle part. Nous sommes de trop.

Dans la rue qui abrite mon refuge, il y a aussi quelques commerces, très peu, tenus par des vieux têtus et faibles qui s'en fichent si n'entrent plus dans leur boutique que les courants d'air et la lumière ténue des jours d'hiver. Ils savent qu'ils n'ont rien à vendre puisque ni l'argent ni les cartes de crédit n'ont la moindre valeur depuis que les banques ont laissé leurs portes ouvertes à la merci de l'implacable pillage qui a tout emporté. Ces vieux attendent simplement

Gijón. 1998

l'arrivée définitive des gardiens qui mureront les fenêtres de leurs commerces et de leurs maisons ; qui étage après étage briseront les vitres avant de sceller avec de gros madriers toutes les entrées et leur ordonneront de dégager sous peine de conséquences encore plus graves. Les vieux attendent et sont de trop.

Mon refuge est dans l'un de ces commerces, un minuscule atelier qui se consacre à la réparation et fabrication de miroirs. Selon mon patron, un vieux d'un âge indéfinissable qui consume ses jours sur un tabouret face à la vieille caisse enregistreuse et dirige de là mon apprentissage, avant il y avait là une boulangerie dont il ne reste que les ruines d'un four en briques et le fantôme du dernier feu éteint depuis trop longtemps. Un très bon pain sortait de ce four, assure mon patron, des miches fleurant bon la bonne levure, des petits pains de seigle, craquants, avec des graines de sésame, de tournesol et de lin.

Après, dit aussi mon patron, il y a eu un cartographe, un homme savant qui connaissait les frontières géographiques et politiques de tous les pays du monde, l'altitude des montagnes, le nom des habitants, et déployait ses cartes sur la grande table, celle-là même où le boulanger étalait ses pains au sortir du four. Mais, assure mon patron, le monde s'est mis à changer très rapidement, les frontières ont changé, certains pays ont disparu, d'autres ont surgi, et ses cartes ont cessé d'être utiles.

Sur la grande table du cartographe, mon patron a tendu une épaisse nappe en feutre vert, et c'est sur elle que je découpe les plaques de verre et que je dispose les planchettes de bois pour l'étamage au mercure, même si aujourd'hui on ne se sert plus du mercure qu'employaient les artisans du siècle dernier car, comme le souligne mon patron, dans ces émanations se reflétait la mort des fabricants de miroirs.

Je suis arrivé dans son atelier il y a quinze jours et, même si nous parlons deux langues différentes, le vieux a compris que j'avais faim et m'a offert un travail.

Ne t'attends pas à un gros salaire, m'a-t-il prévenu, cette activité s'effondre comme tout ce qui nous entoure, et dans ma boutique viennent les rares personnes qui désirent réparer de vieux miroirs tachés ou qui veulent un miroir neuf mais fait comme autrefois. Ce sont des personnes qui ne cherchent pas à se voir telles qu'elles sont mais telles qu'elles étaient. La nostalgie est un doux mensonge, a déclaré le vieux en me tendant les quelques pièces de monnaie qui m'ont permis de manger ce jour-là.

Sans date

La douleur de la perte

J'ai rêvé que le brouillard envahissait ma chambre, la maison, la rue, la ville, tout. J'ai rêvé que je lisais un vieux livre appartenant à ma famille depuis deux générations et que j'étais heureux tout en le feuilletant, mais qu'avant la dernière page un chien aux yeux flamboyants me l'a arraché des mains.

C'était un chien noir, au poil brillant, presque bleu, et quand il m'a coincé contre la muraille j'ai sauté du lit et couru à la fenêtre pour distinguer les limites entre le rêve et la vie.

Le brouillard était réel et me permettait à peine de distinguer la silhouette de l'Africain qui habite dans la maison d'en face. Quelqu'un m'a dit un jour qu'il était poète et je me le suis tenu pour dit. Il était nu, la moitié du corps affaissée sur le rebord et une cataracte de vomi descendait comme une longue plante opaque qui allait se perdre dans les éclaboussures d'autres vomis sur l'asphalte. Il était soûl. Malgré ses hoquets et le brouillard j'ai pu entendre sa voix terriblement fatiguée.

The dragon had roamed all over the land... the dragon had roamed all over the land... a-t-il répété plusieurs fois avant de faire une boule de la feuille qu'il était en train de lire et de la jeter en l'air. Puis il a roté et laissé retomber la moitié de son corps sur le rebord, mais

Via Cassia. Toscane. 2000

une femme nue également a surgi du brouillard pour l'attraper par la taille et le tirer à l'intérieur avant de refermer violemment la fenêtre.

J'ignore les noms de la femme et du poète, à l'entrée de l'immeuble où ils habitent il n'y a pas de boîtes à lettres, elles ont été arrachées il y a longtemps et il n'en reste qu'une marque sur le mur, un rectangle vide pour indiquer que dans cet immeuble plus personne ne doit attendre de lettre.

Une fois je l'ai aidé à remonter chez lui parce qu'il était incapable de marcher et que la vapeur d'alcool qui l'entourait menaçait de dissoudre son corps, ou de le transformer en gélatine incapable de supporter la position verticale. Le lendemain je l'ai vu à la fenêtre, nous nous sommes salués d'un signe de tête, et la femme a surgi près de lui et m'a fait signe de venir chez eux.

Ils m'ont invité à entrer. Il n'y avait presque pas de meubles dans l'appartement, juste une table, des chaises en plastique et des habits aux couleurs chaudes pendus aux murs. Le poète m'a indiqué une place à la table, a ouvert une bière, et la femme a placé au centre un plat avec de la nourriture. Tout avait l'air appétissant et coloré, divers arômes pour moi inconnus ont imprégné l'atmosphère, et ils m'ont invité par signes à manger comme eux, en saisissant avec la main, en goûtant les saveurs étranges, piquantes, qui évoquaient de joyeux repas sous un ciel sans nuages.

J'ai mangé à satiété, nous nous comprenions avec quelques mots d'anglais, et après le repas la femme a sorti un album pour me le montrer. Sur les photos il y avait d'autres gens comme eux, leur peau sombre et brillante reflétait une lumière intense, les enfants montraient des dents très blanches et les vieux souriaient accroupis ou appuyés sur de longues cannes.

Soudain la femme a caressé une des photos, l'homme a posé une main sur la sienne et tous deux se sont mis à pleurer, doucement d'abord, avant de se serrer dans les bras et de pleurer ouvertement, à chaudes larmes, des sanglots peut-être libérateurs durant une minuscule portion du temps infini que l'univers avait prévu pour eux.

Je suis ressorti sans dire un mot, sans prendre congé pour ne pas interrompre l'angoisse intime du couple agrippé à son seul patrimoine : la douleur de la perte.

Sans date

DÉTAILS D'UN RÊVE *

… j'ignore pourquoi je suis là. Je me trouve à un premier étage, ou sur une plate-forme. Avec moi il y a une femme que j'aime mais je ne sais pas qui elle est.

Devant moi, éclairée comme pour une représentation théâtrale, j'ai : une balance à plate-forme, de celles qu'on voit dans les ports de frontière pour peser les camions.

La balance est en bois, en vieilles planches épaisses. Elle est d'une beauté qui me touche, et je suis surpris en découvrant que ce sont les dormants, les traverses qui me touchent. J'explique à la femme – je ne sais toujours pas qui elle est – qui m'accompagne, que cette balance est un des "Traviesuras" du sculpteur basque Ibarrola et je lui raconte que, chaque fois que je vais à Madrid, la première chose que je fais c'est d'aller à la gare de Chamartín regarder une des pièces du sculpteur basque.

Au deuxième plan, si on considère que la plate-forme est le premier plan, il y a une sorte de haut mur construit avec des formes carrées, cubiques.

Immédiatement je découvre que ce sont des paquets de sucre en poudre. De sucre glace et des paquets de couches jetables, des Pampers.

---

* Note n° 41 du journal de Luis Sepúlveda. (*NdE*)

Saltos del Laja. 2014

(14)

Detalles de un sueño.

... ignoro por qué estoy allí. Ocupo un lugar en un segundo piso, o en una plataforma. Junto a mí está una mujer que quiero, pero no sé quién es.

Frente a mí, iluminada por focos como en una representación teatral, tengo una balanza de plataforma, de aquellas que se ven en los puestos fronterizos para pesar camiones.

La balanza es de madera, de maderas viejas y gruesas. Es de una belleza que me emociona, y me sorprendo al descubrir que son los durmientes, o traviesas lo que me emociona. Le explico a la mujer – aún no sé quién es – que me acompaña, que esa balanza es una de las "Traviesuras" del escultor vasco Ibarrola, y le cuento cómo cada vez que voy a Madrid lo primero que hago es ir hasta la estación Chamartín a contemplar una de las piezas del vasco.

En segundo plano, considerando a la
lanza como el primero, hay una especie
e muro alto, levantado con objetos cua-
drados, cúbicos.

De inmediato descubro que son empa-
ques de azúcar en polvo. De azúcar flor.
y paquetes de pañales desechables, de
Pampers.

De pronto la balanza empieza a
brar y el muro a desmoronarse lenta-
mente.

Los objetos caen en cámara lenta,
y yo lamento no tener mi cámara de video
ara filmar aquello.

Es un espectáculo de belleza sobre-
cogedora. Los embalajes de azúcar se abren, o
llegar al suelo (la plataforma) o bien
durante la caída.

El azúcar flor forma una nebulosa
que casi no pueden traspasar los haces de
luz de los reflectores.

El espectáculo dura hasta que la
mujer - que sigo sin saber quién es - me

Soudain la balance se met vibrer et le mur à s'écrouler lentement.

Les objets tombent au ralenti et je regrette de ne pas avoir ma caméra pour filmer ça.

C'est un spectacle d'une beauté saisissante. Les paquets de sucre s'ouvrent en arrivant par terre (sur la plate-forme) ou pendant leur chute.

Le sucre glace forme un nuage que les projecteurs ont du mal à percer.

Le spectacle dure jusqu'à ce que la femme – je ne sais toujours pas qui elle est – me dise qu'elle a peur, que c'est dangereux de rester là et que nous devons partir tout de suite.

Je la suis à contrecœur et quand nous arrivons à une grande porte haute, comme une porte de hangar, je me retourne pour voir une dernière fois le spectacle. Mais il a disparu. Là où se trouvaient la balance de traverses et le mur qui s'écroulait il ne reste qu'une tache d'huile et je sais, sans pouvoir me l'expliquer, qu'il s'agit d'huile humaine.

1991

Anniversaire

À partir de cinquante ans, nous les hommes devenons vieux, mais elles de leur côté entrent dans le grand âge des années Qu'on Ne Compte Pas. Et sachant cela je me prépare à serrer dans mes bras et à embrasser encore une fois et comme toujours ma compagne, ma camarade, qui fête demain une autre de ces années Qu'on Ne Compte Pas.

Et nous fêtons ça dans les Asturies, comme nous avons fêté chacun de ces jours à Stockholm, Hambourg, Göteborg, Paris, Santiago et dans cette longue liste de pays et de villes où l'exil nous a envoyés. Dans un poème, Carmen dit : "J'ai laissé la porte ouverte pour faciliter le dépouillement." C'est vrai, nous n'avons emporté aucune clé, juste le souvenir de nos proches et l'éclat de l'aurore boréale collé sur les rétines.

Ensuite la vie a continué parce qu'il faut qu'elle continue, parce que pour qu'elle continue, nous la poussons devant nous à coups d'enfants et de petits-enfants, à coups de chiens et de chats, de livres et de feux allumés pour recevoir les amis et les camarades.

Et parce que la vie est comme ça et que c'est comme ça qu'elle doit être, nous sommes restés seuls dans la grande maison des Asturies. Les enfants devaient s'envoler parce que seuls s'envolent ceux qui osent le faire en ne misant que sur la force de leurs ailes, et sur la certitude que le nid sera toujours là, à l'endroit où ils l'ont laissé.

Je regarde aujourd'hui l'une des rares photos que nous avons sauvées, la photo de la maison qui n'existe plus que dans la géographie de la mémoire. Une photo terrible qui la montre sur le point de passer par un trou qui reliait notre maison avec celle des Uruguayens, Argentins et Brésiliens avec qui nous partagions le rêve dur et doux du militantisme.

Nous avons pendant plus de la moitié de nos vies goûté le pain savoureux de toutes les terres que nous avons foulées, mais nous savons toi et moi, ma camarade, que c'est le pain avec le goût du Sud qui apaise notre faim. Nous aimons tous les ciels et toutes les mers, mais nous savons tous deux, camarade, que c'est le ciel du Sud et la mer violente du Sud qui guérissent toutes les blessures.

Nous n'avons pas de patrie. Nous sommes du Sud.

Demain il y aura du vin, et dans cette maison des Asturies un homme du Sud avec un accent du Sud à couper au couteau, un accent de fjords et de forêts, un accent de glaciers et de lacs, un accent de haute mer et de vaisseau fantôme, un accent de salpêtre et d'araucaria, te dira : Bon anniversaire, Camarade.

17 août 2014

Avec Carmen Yáñez. 1997

Une friandise de soixante-deux pages

En 1939, le *Winnipeg*, un bateau rempli d'exilés espagnols, jeta l'ancre à Valparaíso. Ces vaincus de la République représentaient un trésor de culture et Pablo Neruda avait vendu jusqu'à sa chemise pour payer ce voyage. Parmi eux se trouvaient les frères Arancibia, des imprimeurs.

En 1940, ils firent tourner les rotatives de Arancibia Frères et il n'existe pas un écrivain chilien qui n'ait publié chez eux son premier livre. Je suis l'un d'entre eux.

À seize ans j'avais une audace sans bornes, la conviction d'être le Maïakovski chilien et tout un tas de poèmes au titre aussi naïf que pompeux : *Crépusculaire de la tristesse*.

Un beau matin, j'ai osé pénétrer dans l'imprimerie et un des frères Arancibia m'a accueilli :

– Alors, tu es poète, tu as un livre et tu veux le publier, m'a-t-il dit en résumant ma présentation de près de dix minutes.

Je lui ai confié le manuscrit, je l'ai regardé tourner les pages, le soupeser et ajouter après un court silence :

– Ça fera un livre de soixante-deux pages avec une couverture cartonnée trois couleurs. Laisse-le-moi et reviens dans deux semaines.

Avec Carmen Yáñez. 2018

Sa réponse m'a surpris et j'ai voulu savoir combien cela me coûterait mais l'aîné des Arancibia a mis un bras sur mes épaules et m'a accompagné jusqu'à la porte.

– On parlera du prix quand le livre sera prêt, m'a-t-il dit au moment de nous quitter.

Pendant ces deux semaines je n'ai pas dormi. J'imaginais les frères Arancibia et les ouvriers de l'imprimerie lisant mes poèmes à haute voix, émus aux larmes ou morts de rire car mon expérience, courte mais intense, me laissait penser que c'étaient là les deux seules possibilités devant un recueil de poèmes. J'ai donc passé deux semaines dramatiques jusqu'au jour où, armé de courage, je suis retourné à l'imprimerie.

Je n'avais pas un rond. En ce temps-là, je gagnais quelques pesos en écrivant des scénarios pour feuilletons radiophoniques mais j'étais payé à la fin du mois et, si ma mémoire est bonne, nous étions le 16 ou le 17 juillet 1966. De plus, à seize ans, je consacrais mes revenus d'écrivain aux premières bières, aux premières cigarettes, aux premières amours. J'étais un novice complet.

Je me suis rendu à l'imprimerie en suivant la logique léniniste : un pas en avant, deux en arrière, tout en me répétant qu'il valait mieux attendre la fin du mois, qu'une telle souffrance n'avait aucun sens. Soudain, la chance des poètes m'a souri : je suis tombé sur ma tante Charo, une vieille dame fantastique qui, jusqu'à mes vingt ans, m'a glissé des billets dans la poche en me disant : “Achète-toi des friandises.” Elle l'a fait aussi ce jour-là et, après l'avoir embrassée de tout mon cœur, j'ai compté les coupures. Il y en avait assez pour un bon sandwich chilien, un *chacarero* ou un *lomito completo* et deux bières. Riche de ce capital, je suis arrivé chez Arancibia Frères.

Mon livre, mon premier livre était là. Sur le bureau de l'aîné des Arancibia, il y avait deux paquets de vingt exemplaires. La couverture était rouge, le titre et mon nom écrits en noir et, plus bas, en plus petits caractères et en blanc : "Poésie chilienne contemporaine."

Je ne sais pas combien de temps je suis resté en silence, le livre dans les mains, je le caressais, lisais quelques vers qui me semblaient beaux et étrangers, jusqu'au moment où l'aîné des Arancibia m'a interrompu :

– Très bien, mon garçon. Tu disposes de combien ?

Sans la moindre gêne, je lui ai avoué que très peu mais qu'à la fin du mois j'aurais un peu plus.

L'aîné des Arancibia m'a regardé et a prononcé les phrases qu'il répétait peut-être à des centaines d'écrivains chiliens.

– Avec ça tu peux emporter deux exemplaires et deux autres à crédit. Tes livres sont là, ils t'attendent.

Je suis sorti de l'imprimerie avec mes quatre bouquins. Je n'étais plus un pauvre inconnu, un livre de moi était publié. Au siège de la radio, j'ai vendu les quatre premiers exemplaires et je suis retourné à l'imprimerie pour en retirer d'autres.

J'ai mis un an à vendre les deux cent cinquante exemplaires de cette édition. J'ai harcelé mes professeurs et mes amis, j'en ai vendu installé derrière une petite table de camping dans les foires artisanales, à la sortie des bars bohèmes de Santiago, encouragé par la maxime des frères Arancibia : ton travail a un prix.

Comme je l'ai dit, il n'y a pas un écrivain chilien qui n'ait publié son premier livre chez Arancibia Frères, deux imprimeurs arrivés dans le *Winnipeg*.

in *Histoires d'ici et d'ailleurs*, 2011

UN DOUTE ET UNE CERTITUDE

Poussé par des amis, il m'est arrivé quelquefois de confesser comment et pourquoi diable j'avais décidé d'être écrivain ou, pour parler plus modestement, d'approcher la littérature.

J'envie parfois les femmes et les hommes de lettres qui avouent avoir vécu en compagnie de bibliothèques familiales vétustes et bien remplies. Ce n'est pas mon cas. J'ai grandi dans un quartier prolétaire de Santiago du Chili et, même s'il y avait à la maison quelques livres, surtout des romans d'aventures, Jules Verne, Emilio Salgari, Jack London, Karl May, dire qu'il s'agissait d'une bibliothèque relèverait d'une terrible prétention.

Lorsque j'étais un enfant ou un préadolescent de treize ans, mon grand rêve était de percer dans le football et d'arriver un jour à devenir professionnel de ce grand sport. Je ne me débrouillais pas trop mal. J'étais avant-centre dans l'équipe minime de Unidos Venceremos FC, le club de Vivaceta, mon quartier.

Mon rapprochement avec la littérature a commencé un dimanche d'été alors que, mes chaussures de foot sur l'épaule, je me dirigeais vers le stade Lo Saenz, propriété du syndicat Santiago Watt regroupant les ouvriers de Chilectra, la compagnie chilienne d'électricité. C'était le terrain où se disputait la coupe du quartier.

En ce temps-là, on bichonnait ses chaussures, on les enduisait de graisse de cheval et, selon les caractéristiques du stade où se déroulait la partie, on changeait de crampons : souples, taillés dans de vieux pneus quand le terrain était mou ou humide ; durs, généralement en cuir quand il était très sec ; et légers, presque toujours en os quand on avait le plaisir de jouer sur de la pelouse.

Dans le vestiaire, notre "Mister Pipa" nous donnait des conseils et expliquait sa tactique. Il était ainsi surnommé en hommage à l'entraîneur de *Barrabases*, la BD la plus lue au Chili, dans laquelle Themo Lobos proposait chaque semaine une partie de foot imaginaire entièrement dessinée par lui.

Notre formation jouait selon le classique 4-2-4 et je portais généralement le numéro 11 ou le 10 quand notre attaquant, Chico Valdés, était absent pour une raison ou une autre. De plus, j'étais presque exclusivement chargé de tirer les penalties et, sans vouloir me vanter, je les ratais rarement. Enfin, ma mission consistait à faire de bonnes passes en direction du camp ennemi.

Ce dimanche-là, je marchais de bonne heure dans ma rue car les matchs des minimes se déroulaient à 10 heures du matin, quand je vis soudain un camion de déménagement devant une maison. Une nouvelle famille venait habiter dans mon quartier. J'offris mes services à un couple d'adultes qui faisaient passer les meubles du camion dans la maison et, alors que je transportais une petite table, je la vis. C'était la plus belle fille que j'avais vue en treize années de vie.

Aussitôt je me mis à décharger furieusement chaises, matelas, baluchons de linge, caisses. Je peux dire sans exagérer que j'ai pratiquement descendu du camion et emmené dans la maison la plupart des biens de la famille.

Quand je sentis que je devais me rendre au stade, je pris congé ; la mère insista pour me servir un rafraîchissement et demanda à sa fille – la plus belle que j'avais vue en treize années de vie – de m'apporter un Orange Crush. Je pris la bouteille avec émotion et la mère dit alors :

– Gloria, pourquoi n'inviterais-tu pas ton ami à ton anniversaire dimanche prochain ?

À dire vrai, la plus belle fille que j'avais vue en treize années de vie m'invita sans grand enthousiasme. Et moi je partis vers le stade en répétant son prénom. Gloria. J'étais au paradis.

Ce matin-là je jouai mal. Très mal. Je ratai même plusieurs passes alors que c'était ma spécialité ; un joueur de la ligne médiane envoyait un ballon en hauteur vers l'aile droite et je me trouvais toujours là pour le réceptionner de la poitrine et continuer, pratiquement collé à la ligne de chaux blanche, en attendant que les autres avants envahissent le camp ennemi pour faire la passe qui finissait presque toujours par un but de Chico Valdés ou de Cabezón Apablaza. Le Mister me criait : "Concentre-toi ! Qu'est-ce qui t'arrive ?" Moi j'étais au paradis.

Les minimes jouaient deux mi-temps de quinze minutes. Je passai la deuxième sur le banc de touche. Mister me prenait la température, me demandait si j'avais déjeuné ce matin. Moi j'étais toujours au paradis.

Cette partie se termina en déroute du Unidos Venceremos FC. Tous mes camarades m'insultaient, Mister essayait de ramener le calme en disant que la noblesse du football consiste à savoir encaisser les défaites. Moi j'étais toujours au paradis.

Je passai une semaine atroce à me demander quel cadeau offrir à Gloria pour son anniversaire. Un disque ? J'ignorais ses goûts musicaux. Un livre ? Lequel ? Une barre du meilleur chocolat Costa. Et si elle ne l'aimait pas ? Finalement, je décidai de me défaire de mon trésor le plus précieux, et je n'en éprouvai aucun chagrin. Le dimanche suivant, après une autre partie où j'avais encore une fois mal joué et qui, par bonheur, avait fini sur un match nul, je pris une douche et me rendis à cinq heures de l'après-midi chez Gloria avec mon trésor soigneusement enveloppé d'un magnifique papier cadeau.

Je la trouvai entourée d'autres gamins du quartier, souriante, plus belle que le dimanche précédent et, me frayant un passage en jouant des coudes, j'arrivai jusqu'à elle. Tremblant d'émotion, je lui fis la bise, lui murmurai bon anniversaire et lui offris mon cadeau.

– Merci, dit-elle et elle le posa sur un meuble où se trouvaient d'autres présents.

– Ouvre-le, lui demandai-je d'une voix qui essayait vainement de paraître assurée.

– J'aime ouvrir les cadeaux quand je suis seule, me répondit-elle et elle consacra toute son attention aux autres enfants qui l'entouraient.

– Maintenant ! Ouvre-le maintenant, lui ordonnai-je certain que, dès qu'elle verrait mon cadeau, cette cour de requins disparaîtrait sur-le-champ.

Ses beaux yeux qui passaient du marron clair au vert émeraude s'ouvrirent sous l'effet de la surprise. Elle prit le paquet, défit le ruban, ôta le papier et, à ma grande stupéfaction, prit mon trésor le plus précieux comme s'il s'agissait d'un rat crevé. Elle murmura un "merci" du bout des lèvres et le reposa près des autres cadeaux.

J'avais plus d'une fois entendu mon père se plaindre de la difficulté à comprendre les femmes et, cet après-midi-là, je sus que mon vieux avait raison.

À coups de coude, je me frayai de nouveau un passage au milieu des requins qui l'entouraient, me plantai devant elle et lui demandai si elle savait ce qu'était mon cadeau.

– Une photo. Et je t'ai déjà remercié, répondit-elle et elle tourna ses regards vers le groupe de requins

gijón
Asturias

gijón
Asturias
gijón
Asturias
gijón
Asturias
gijón
Asturias
gijón
Asturias
gijón
gijón
Asturias

qui murmuraient “Casse-toi, boulet, va voir dehors s’il pleut” et autres phrases franchement hostiles.

Mister répétait que la noblesse du football consiste à savoir encaisser les défaites mais insistait également sur le fait que la victoire est fille de la persévérance. Je me plantai donc de nouveau devant ses beaux yeux pour lui expliquer ce que je lui avais offert.

– Non, Gloria. Ce n’est pas une photo. C’est LA photo, m’écriai-je en lui montrant la photographie de la sélection chilienne de football signée par tous les cracks qui, pendant le Championnat du Monde, joué au Chili en 1962, c’est-à-dire quelques mois plus tôt, avaient obtenu la troisième place qui ferait pour toujours l’honneur du football chilien. J’avais mis des heures, des jours, des semaines, des mois à réunir toutes ces signatures parmi lesquelles se détachaient celles de Michael Escutti, le gardien, de Jorge Toro, le meilleur buteur, de Leonel Sánchez, Tito Foulleaux, de tous les immortels.

– Je n’aime pas le foot, répondit-elle. Et cette phrase me fit découvrir le poison des amours impossibles.

– Et on peut savoir ce que tu aimes ? vociférai-je avec la certitude du paradis perdu.

– J’aime la poésie, dit-elle avant de disparaître de ma vie.

Mais elle ne disparut pas totalement car je continuai à penser à elle, à la regarder de loin quand, vêtue de son uniforme du Lycée de Jeunes Filles, elle se dirigeait vers l’arrêt du bus. Un jour, un recueil de poèmes de Pablo Neruda tomba entre mes mains : *Vingt poèmes d’amour et une chanson désespérée*. En lisant précisément le poème 20, je sentis que Neruda l'avait écrit en pensant à moi et à mon paradis perdu.

Je me suis alors transformé en un fervent lecteur de poèmes. De García Lorca à Antonio Machado, de Gabriela Mistral à Léon Felipe, de Neruda à de Rokha et, au fil du temps, l'amour des mots m'est apparu comme un amour fidèle qui ne me trahirait jamais.

Gloria avait disparu de ma mémoire quand j'ai commencé à écrire de la poésie ou ce que je croyais pouvoir être considéré comme telle.

La vie est une somme de doutes et de certitudes. J'ai un gros doute et une grande certitude : pour le doute je me demande si la littérature a gagné quelque chose avec mon engagement dans la parole écrite et pour la certitude je suis sûr que le football chilien a perdu un grand avant-centre à cause de la littérature.

in *Ingrédients pour une vie de passions formidables*, 2014

Page précédente : Salon du livre. Gijón. 2005
Au deuxième rang :
Mario Delgado Aparaín, une inconnue, Luis Sepúlveda, José Carlos Somoza, Tomás de Mattos, Lázaro Covadlo, Javier Cercas et José Ovejero.
Au premier rang : Ondjaki, Karla Suárez, Ángel Parra, Elsa Osorio, Juan Gabriel Vásquez et Enrique de Hériz.

HUMBERTO SEPULVEDA CALPUCURA

Mes morts

Ils sont obstinés mes morts
ils se mêlent d'intervenir au cœur du feu
quand je verse du sucre sur les braises
quand je m'apprête à mettre la grillade sur les braises
quand c'est dimanche à midi
même si ce n'est ni dimanche ni midi
et si ce bosquet est très loin de Santiago

Ils se mêlent de tout mes morts
ils donnent leur avis sur le feu
il leur semble pas assez ou trop fort
ils critiquent le charbon de bois qui n'est pas du résineux
et ils exigent du vin avec une silencieuse insistance

Ils sont curieux mes morts
ils regardent par-dessus mon épaule
quand j'étale la pâte des empanadas
quand c'est dimanche à midi
même si ce n'est ni dimanche ni midi
et si à cette fenêtre nulle cordillère ne neige

Ils aiment critiquer mes morts
ils soutiennent que la pâte est trop molle ou trop sèche

Le bureau de Luis avec ses cendres. Gijón. 2020

qu'il manque du cumin dans la farce et que les raisins
secs font pitié
ils censurent ma façon de replier les bords
ils exigent de vieux tangos amenés dans cette maison
par je ne sais qui

Ils sont têtus mes morts
ils fouillent dans mes pages non écrites
quand je tourne et retourne une phrase
quand il fait nuit et que personne n'a peur
même s'il ne fait pas nuit et que la peur
erre comme un veuf là-bas si loin à Santiago

Ils sont insistants mes morts
ils gravent leurs noms sur les pages que j'écrirai demain
ils choisissent des sujets et sur les pages ils chantent
ils luttent, ils insistent, ils tirent, ils gagnent
jusqu'à ce que ta voix qui a le son des jardins heureux
m'appelle depuis la pure certitude du pain chaud
et alors seulement ils se taisent

Ils sont obstinés mes morts
et c'est pour ça que je sais qu'ils reviendront demain
quand ce sera dimanche à midi
même si ce ne sera ni dimanche ni midi
et que ces rides ne marqueront pas le visage d'un homme
de Santiago
et que ces cheveux blancs ne brilleront pas sous le soleil
de Santiago

Mains de Carmen Yáñez avec l'insigne
de Greenpeace de Luis. Gijón. 2020
Page suivante : L'adieu de Carmen. Biarritz. 2020

Ils m'envient parfois mes morts
ils disent "comme il me serait bien allé ce cheveu blanc"
"ces rides me seraient allées merveilleusement bien"
"ces enfants auraient dû être de mon amour"
et quand tu m'appelles avec un parfum de basilic
je leur dis venez mes frères comme autrefois à table
et alors, alors seulement, ils m'étreignent et se taisent.

Index par traducteur

Table

PREMIÈRES RENCONTRES

TEXTES RARES ET INÉDITS

Bibliographie

ROMANS ET NOUVELLES

Le Vieux qui lisait des romans d'amour, 1992

Prix du roman d'évasion des Relais H 1992

Prix du meilleur roman étranger France Culture 1992

Le Monde du bout du monde, 1993

Un nom de torero, 1994

Le Neveu d'Amérique, 1996

Prix de l'Astrolabe, Saint-Malo 1997

Histoire d'une mouette et du chat qui lui apprit à voler, 1996

Prix Sorcières 1997 de l'Association des libraires spécialisés jeunesse

Rendez-vous d'amour dans un pays en guerre, 1997

Journal d'un tueur sentimental, 1998

Yacaré/Hot Line, 1999

Les Roses d'Atacama, 2001

Les Pires Contes des frères Grim (avec Mario Delgado-Aparaín), 2005

La Lampe d'Aladino et autres histoires pour vaincre l'oubli, 2009

L'Ombre de ce que nous avons été, 2010

Histoires d'ici et d'ailleurs, 2011

Dernières nouvelles du Sud (avec Daniel Mordzinski), 2012

Histoire du chat et de la souris qui devinrent amis, 2013

Ingrédients pour une vie de passions formidables, 2014

Histoire d'un escargot qui découvrit l'importance de la lenteur, 2014

L'Ouzbek muet et autres histoires clandestines, 2015

Histoire d'un chien mapuche, 2016
La Fin de l'histoire, 2017
Histoire d'une baleine blanche, 2019
Raconter c'est résister, 2021
Bestiaire, 2021

ESSAIS
La Folie de Pinochet, 2003
Une sale histoire, 2005
Deux idées de bonheur (avec Carlo Petrini), 2016

Cet ouvrage a été composé par
FACOMPO
à Lisieux (Calvados)

N° d'édition : 16180001 – N° d'impression :
Dépôt légal : octobre 2022

Imprimé en Espagne